一个「日本特务」的传奇

李翔　叶家林　著

华艺出版社

HUA YI PUBLISHING HOUSE

本书主人公罗国范（郭善堂）近影

1941年郭善堂领取日伪
"良民证"的照片

1943年郭善堂（左）和战友侯德禄合影

目录

引　子

　　1985 年春夏之交，解放军某部离休干部郭善堂刚从工作岗位上下来，决定到当年生活、战斗过的地方作一次旧地重游，第一站便选择了山东泰安。他打电话给某军军参谋长马法尊，邀他结伴同游，马参谋长欣然应诺，第二天就坐着小车赶来和郭善堂会面了。

　　他们一同攀登泰山。泰山的一丘一壑，一草一木，都勾起这两位久别重逢的老战友的无尽回忆。他们走到回马岭附近，一件四十多年前的往事，突然出现在郭善堂的记忆屏幕上，他侧头看看正爬山爬得气喘吁吁的马法尊，问道："老马，还记得那次陪冈村宁次逛泰山吗？"

　　"怎么……不记得？那次，侯希仈、李庆亭开了个……小玩笑，让冈村宁次……多跑了好几十里，咱俩也跟着……跑冤枉路。"马法尊喘着气说。

　　那是日寇侵华的 1943 年，也是春夏之交的一天，日军华北派遣军总司令冈村宁次大将，在济南宪兵队队长山本中校的陪同下，来到了泰安。第二天他们要爬泰山，让当时化名林洪洲的郭善堂和他的"特务"小组负责侦察工作，以确保这位占领军司令官的旅游安全。上山前，郭善堂将他手下的人员作了分工：侯希仉、李庆亭两人在前头开路，不断在山路设置路标，路标是一个箭头，指示前进方向，如果发现异常情况，他们便将箭头倒置，以通知后面的大队人马提高警惕，或者改道前进；马法尊和他自己则随同冈村宁次和山本上山，作贴身警卫。

护送冈村宁次大将上山的，还有一个小队的鬼子兵，两个中队的保安队，二百来号人，浩浩荡荡，好不威风。那个对抗日根据地军民实行"三光政策"，制造"无人区"，双手沾满了中国人民鲜血的冈村宁次，今天的情绪特别好，坐在轿子上不断把脖子扭来扭去，观赏两边的景色，并和后面的山本大声说话，夸奖这座被他们占领的大山的美丽风光。上山很顺利，没有发生什么意外事情。所以进了南天门，走在天街上，冈村宁次的游兴达到了高潮，哈哈大笑说自己成了活神仙了。郭善堂和马法尊看着这个侵略者在祖国的名山之上作威作福，心里很不是滋味，但也只能把仇恨埋在心底，表面上还得强作欢笑，在一旁侍候。

下午他们下山，开始没有什么异常情况，五点多钟走到回马岭附近，郭善堂突然发现路边的箭头倒置了过来，他知道前面有事，不敢隐瞒，便报告了山本，山本马上报告了冈村宁次。

这位派遣军司令官大概已经吃尽八路军游击战争的苦头，

所以听说有情况，马上便叫停轿。他走下轿来，和山本走到倒置的箭头跟前足足看了两三分钟，又叽叽咕咕商量了一阵，最后，山本回过头问："有没有别的路可以下山？"

郭善堂说："路倒是有，从回马岭向西南，经万德，向肥城方向去，不过要多走好几十里地哩！"

看来冈村宁次认为，保命比少走路更为重要，宁可辛苦点，保住脑袋要紧，所以他决定弃轿上马，直奔西南而去……

深夜十一点多钟，网村宁茨一行回到了泰安城里。当他们住进日军驻泰安部队的兵营时，才惊魂稍定，松一口气，不过一天游山玩水的好兴致已消失得无影无踪，只剩下浑身酸疼、满腹饥渴和一腔恼恨了。

郭善堂和马法尊回到泰安的中西旅馆。一进房间，见侯希仉、李庆亭两人正仰躺在床上，跷着腿，悠闲自在地抽烟哩。

"你们二位辛苦啦！"侯希仉的脸上露出诡秘的笑容。

"怎么回事？发现了什么情况？"郭善堂问。

"哈哈！你以为真有情况，其实什么情况也没有。只是见那些家伙玩得太高兴，心里有气，开个小玩笑，让那些龟孙子王八蛋多跑点路，多受会累吧！"侯希仉坐起身说。

"哎呀，你们事先也不和我说一声！"郭善堂不无埋怨地说。

"怎么告诉你？事先咱们也没有研究，到回马岭咱俩灵机一动，去他妈的，把箭头倒过来吧！"侯希仉说。

"山本追问咋办？"郭善堂又问。

"那还不好说？随便编个啥情况就应付过去了。"侯希仉和李庆亭都这样说。

第二天，山本见到郭善堂果然追问："林先生，昨天到底发生了什么事？为什么你的人把路标倒过来了？"

"山本队长，他们接到老百姓的报告，说前面有七八个行迹可疑的穿便衣的人，树林里还可能有游击队埋伏，他们来不及报告，只得先把箭头倒画了，又继续下去侦察，结果没有发现新的情况。"郭善堂早已有精神准备，所以毫不迟疑地回答说。

"八路军的游击队捣乱，太坏太坏的！"山本咬牙切齿地说。"不过，你的队员警惕性高，很好很好，应该表扬！"

"嗨！"郭善堂学着日本军人的口气，立正回答说。

人们或许会问：郭善堂究竟是何等人物？怎么解放军——不，应是八路军的干部和日本鬼子搅在一起，并且取得冈村宁次、山本这些日军高级人士的信任？读者感兴趣的话，请耐心地读下去，本书就是要介绍郭善堂传奇式的经历：一个深入龙潭虎穴，出生入死，同恶魔打交道的人。

第一章 宜山遇险

冬天的早晨。天阴沉沉的，刮着刺骨的寒风，时时从空中飘下星星点点的雪花来。

从宜山村乡公所简陋的办公室里，走出一个十八九岁的青年，高高的身躯，宽宽的脸膛，大眼，浓眉，留分头，穿着黑布棉裤袄，腰间扎一根皮带，人显得很精神。他来到院里，推出一辆旧自行车，把装有一套八路军军装和两本宣传抗日救亡的小册子的包袱绑在车架上，拍拍坐垫，便打算骑车动身了。

正在东厢屋里做早饭的乡公所的工友陈道士突然从门里探出头问："怎么，你不吃了早饭就走？"

那青年笑笑说："不啦，陈师父，我到河前去吃。"

"天下雪了，小心路滑。"陈道士走到院里，关切地叮咛。

"没有事。待会儿马乡长来了，你和他说一声，就说我走啦，谢谢他的招待。"

说完，青年朝陈道士点了点头，便骑上自行车离开这座临时作了乡公所的破庙。

这青年名叫郭善堂，解放后改名叫罗国范，是八路军山东游击队第四支队募集队的队员。

　　什么是募集队？这是抗日战争时期山东根据地八路军特有的组织。当年，八路军在敌后打游击，没有固定的后方，一切供应不得不仰仗当地的人民群众，募集队就是向老百姓宣传抗日救国的道理，动员大家捐粮捐款，支援八路军进行抗日战争的组织。开始，募集工作主要在根据地进行，后为了减轻根据地群众的负担，募集队的活动地区又扩展到根据地边沿的游击区甚至敌人占领的地区来了。宜山村乡便在游击区内，乡公所设在宜山村西头的破庙里，乡长姓马，一脸络腮胡子，表面是为日本人办事的伪乡长，其实白皮红里，暗底里为八路军服务。郭善堂经常在这一带募集钱粮，少不了要和乡公所打交道，和马乡长混得很熟，几天不见，互相还想的慌哩！昨天郭善堂路过这里，天已经黑了，马乡长说："小郭，别走了，今晚就住在这里，咱们唠唠！"他让道士陈师父炒了两个菜，打来一壶酒，边喝边谈，直到深夜才散。

　　马乡长和郭善堂有唠不完的话，因为郭善堂原来也是本地的农村青年，不久前才参加八路军，在山东第四游击支队一团一营三连当兵。他们的连长是后来成了著名书法家的武中奇，指导员名叫陈宏。郭善堂还给马乡长谈起自己当八路军的有趣经历，马乡长听了用手指着他的鼻子说："小郭，你在家准是个捣蛋鬼！"

　　那是 1938 年 1 月，郭善堂和同村的伙伴董振商量，去参加八路军打鬼子。可是他的父亲却不同意，叫着他的乳名说：

"四喜，你要出去我不反对，不过你要参加就参加富党，何必参加穷党自己找罪受？"

"爹！你说说，什么是富党，什么是穷党？"郭善堂不解地问。

"富党就是中央军，老蒋领导的，他们吃得好穿得好，牌子也响，武器也棒；穷党就是八路军共产党，不仅吃不上穿不上，有的手里连支枪都没有，拿着大刀片、红缨枪，这叫啥队伍？"父亲说。

"爹，你是富人，还是穷人？"郭善堂故意问。

"这你还不知道？爹当然是穷人啰。"

"那你咋说这样的话？咱们家穷，受有钱人家的欺侮、压迫，咱们要报仇，不参加穷党倒去参加富党，这不是忘本了吗？爹，你别说了，我的主意已经定了，要当兵就当八路军！"

父亲吸着旱烟，半天没有吭声，忽然问："你媳妇同意吗？"

郭善堂当时刚结婚三四个月，新媳妇叫亓仲莲，婚事虽是父母包办，但婚后小两口感情不错。不过，这当兵的事他可是没有同她商量，他认为男子汉自己的事，不用征得女人的同意，所以他说："这事用不着她管！"

"管不管你也得跟她说一声呀！"父亲有些恼了。

"到时候我会跟她说的。"郭善堂说。

可是，回到自己的房间，面对新婚不久的妻子，他又觉得难以开口，犹豫了半天，才没话找话地说："仲莲，你来到咱家，生活上受苦了。"

"你说这干啥？"亓仲莲淡淡一笑说，"现在兵荒马乱的年月，谁家有好日子过！"

"是呀，现在日本人经常'扫荡'，看见青年人不是抓就是杀，想呆在家里也呆不下去，所以……我想当八路去！"他终于鼓足勇气说了出来。

"你要去当八路？"亓仲莲吃惊地问。

"唔。"郭善堂点点头，"在家里呆不住，而且有危险，不如去当八路，把鬼子赶跑了，大家才有安生日子过。"

亓仲莲低头不语。

"我走以后，你要照顾好咱爹咱妈；你要是在咱家住不惯，回你自己家去住也行，我到部队上以后，得空就回家来看你。"郭善堂安慰道。

"你……放心……"她哽咽得说不下去了。

第二天，郭善堂和董振跑了几十里路，找到八路军部队，要求参军。接待他俩的便是连长武中奇。武连长没有问他们为什么要当兵，却问："你们带枪来了吗？"

"我们哪儿有枪呀！"他俩面面相觑。

"你们村里有没有？"

"有。我的堂哥就有一支土枪，打猎用的，经常打兔子，还打到过野猪哩！"郭善堂说。

"你回去把他的枪拿来！"武连长说。

"怎么拿得来呀，他小气得要命，别说是枪了，连根柴火棍都舍不得给人。"郭善堂作难地说。

"反正你们得回去弄枪，有了枪才能收留你们。"武连长果断地说，没有丝毫可以商量的余地。"现在人有的是，就是缺枪，你们得带了枪来当兵。"

这时外面吹哨子，有人吆喝"开饭了"。郭善堂和董振站起身来，打算离开，武连长却拦住他们说："吃了饭再走，不能叫你们饿着肚子回去！"马上吩咐通讯员给他俩打饭。

端上来的是热气腾腾的白面馒头，菜是白菜炖豆腐。他俩早已饥肠辘辘，便大口吃起来。在家时，一年到头也吃不上一顿馒头，这下可逮住了，一口气每人都吃了七八个馒头，一碗白菜豆腐也吃得底儿朝天。在往家走的路上，他们还在回味这顿美餐，馒头是那么暄，豆腐是那么嫩……郭善堂兴奋地说："他妈妈的，就冲这白面馒头，我也非当八路军不可！回去想法子弄枪。"

郭善堂来到了他堂哥的家门前。他想给堂哥说说好话，求他暂且把枪借他使使，等当上八路军后，再把枪还给他。可是他也深知他堂哥的禀性，十有八九是要碰钉子的。要不就偷，可他家里有人，无法下手呀！他正犯愁，猛抬头见堂哥屋前场上拴着两头大老牛，正躺在地上慢悠悠地倒嚼，他脑子里突然闪出一个鬼点子，便毫不犹豫地走过去，用小刀子把牛绳割断了，又用树杈在牛屁股上狠戳两下，老牛痛得连忙站起身，撒腿往村外逃去。这时，郭善堂装得慌慌张张跑去对他堂哥说："牛跑了！牛跑了！"

"往哪儿跑了？"堂哥放下手里的活，吃惊地问。

"我看见往村东跑的。"郭善堂甩手指着说。

堂哥顾不得多说，转身出门，往村东追去。堂嫂是小脚，也一瘸一拐地跟着赶出去，嘴里还不住地唠叨着："刚才拴得好好的，怎么就跑了呢？"

郭善堂跨进堂屋，抬头见那支他梦寐以求的土枪正挂在墙上，用土布包得严严实实。他喜出望外，上去摘在手里，顾不得多想就一溜烟地走了。

他又来到八路军驻地，把枪交给了武中奇连长，要求收留他。武中奇问："小伙子，你这枪是怎么搞来的？"

郭善堂讲了事情的经过。

武中奇的脸上露出赞许的神情，一拍他的肩膀，笑道："行啊！小伙子，你就留在这儿干吧！"

那天是 1938 年的 1 月 8 日。

郭善堂在班里当了三个月战士，参加了几次战斗，一直用他堂哥的那支猎枪。他堂哥请人捎话来，说枪就送给他了，好好地在部队上干吧！有一天，连长武中奇找到他，说："小郭，你干得不错，组织上决定你去当司务长。"并且给他一支盒子枪。离开班里时，他把堂哥那支猎枪留给没有枪的战友了。

郭善堂把盒子枪一挎，真精神，那高兴劲儿就别提了。不过，司务长的工作可不是好干的。那时没有后勤供应，连队吃的粮食、住的房子全靠老百姓提供，于是，他成天和乡长、村长、大爷、大叔打交道，经过他做工作。他们有的送来煎饼、窝窝头，有的送来谷子、苞米；遇到后一种情况，他就忙着找人加工，然后再交给炊事班。每次行军前，他总带几个人提前走，先到驻地找村长号房子，烧水做饭，好让部队一到就能吃饱睡好。他是农村长大的，腿勤，嘴也勤，在群众中活动如鱼得水，各方面的关系都处得很好，连队的生活也安排得井井有条，曾多次受到连首长的表扬。正由于这个原因，当四支队供给部筹建募集队时，很快就把他选拔上来了。

如今，他已是一个熟悉情况、经验丰富的募集队员。他的足迹印遍了这一带农村的山山水水、沟沟坎坎，和周围的许多乡亲结成了亲密的关系。昨天，募集大队长亓星舫通知他到汶河南岸去开会，布置新的任务，他骑车赶路，到宜山村天就暗了，马乡长留他住在乡公所，还招待了一番。今天一早，他顾不上吃早饭，又骑车上了路。

他走出了乡公所，朝宜山村的方向骑去。寒风卷着雪花迎面扑来，使他打个寒噤。他真有些后悔，没有听陈道士的话，吃了早饭暖暖和和地赶路，现在却要尝尝饥寒之苦了。他只得闷头骑车，骑出不远，突然听得背后有人大喝一声："什么人？站住！"

他心里一惊：真倒霉，准是遇到吴化文的部队了。那时吴化文还没有投降日本鬼子，他的部队还打着中央军的旗号在莱芜地区活动，经常同八路军搞磨擦，八路军人员如果落到他们手里，不死也得脱层皮，所以他心里吃惊。可是，当郭善堂刹住车子，回头一看，他惊呆了，从后面追上来的并不是中央军。而是地地道道的鬼子和伪军，长长的队伍有好几百人，皮靴踩在冻土地上，发出嗵嗵的响声。

"你是干什么的?"几个伪军快步追来，边追边问。

其中一个跑到跟前，熟练地搜他的身，一下就把他腰间的手枪卸了下来，大声惊呼："八路!"

象猎犬捕到了猎物，一齐扑上来撕咬，七八个伪军拥上来一阵拳打脚踢，很快把郭善堂打倒在路旁。

鬼子又从自行车的后架上搜出八路军的军装和《抗战必胜论》、《论抗战第三阶段》等两本小册子，更加肯定他是八路无疑了。两个鬼子将他的棉袄撕开、剥去，让他赤着膊，又用一根粗麻绳反绑他的两只手，前面勒住了脖子，使他动弹不得。

"我记得很清楚，那天是 11 月 18 日，正是寒冬腊月啊!幸亏我那时年轻，身体好，要不，别说挨揍了，冻也得把我冻死!"几十年后，郭善堂回忆当时的情景，仍然愤恨而感慨地说。

宜山村空荡荡的，男男女女几乎跑光了。敌人进村以后。

找不到人，便自己动手抱了老乡的秫秸生火取暖，休息吃早饭。郭善堂在风雪中光着脊梁，开始皮肉象被刀割似的疼，后来渐渐麻木，失去了感觉。可是，他只能远远地望着燃着熊熊烈焰的火堆，不敢走过去。他偶然一回头，发现乡公所的陈道士也被抓来了，他的辫子被敌人用绳子拴住，另一头绕在一棵细柳树上。他耷拉着脑袋，坐在地上一声不吭。

一个伪军啃着干粮，狞笑着说："他妈的，扫荡了一夜，连个八路毛也没有见着，没想到在这儿逮着一个活的。"他又对郭善堂说：你小子等着吧！待会儿'周仓'审你，非斩了你不可！"

郭善堂知道，'周仓'是莱芜城里鬼子队长的绰号。这家伙凶狠、残暴，是个杀人不眨眼的刽子手。想不到今天落到他的手里，也许自己年纪轻轻就要"革命成功回老家"了。

果然，不一会儿，一个穿皮靴、挎洋刀、满脸大胡子的鬼子官，瞪着圆溜溜的眼睛，气势汹汹地朝他走来。鬼子官的身后跟着一个瘦个子翻译，嘴角上有一块显眼的疤痕，他就是很多人都知道的"疤拉翻译"。

"你是八路军哪一部分的？"鬼子官问。

"太君，我可不是八路军，我是宜山村乡公所的工友。"郭善堂回答。

"什么？你狡猾狡猾的，大大的不老实！"

"我真的是乡公所的工友，不是八路军。"

"你不是八路军，怎么有手枪、军装，还有宣传反对皇军的书？"

"太君可能不相信，可是我还是要讲实话。昨天，八路军的游击队和中央军的部队都到我们乡里来要给养，他们两家打起来了，打得一塌糊涂，八路军的游击队跑了，丢下一支手枪，一辆自行车，架子上还有一包东西。后来八路军叫人捎话来，要我们乡长把车子、手枪和文件给他们送去，限令今天送到八路军的四支队，据说有个姓廖的……"

"是不是廖荣标？""周仓"问。

"是不是廖荣标我可不知道，只听说有个姓廖的司令。乡长叫我送到北边的大王庄去，我不想去，可是不去不行呀！我的确不是八路军，是乡公所的工友，太君不信，可以问问那位师父，我们是一起的，他做饭，我采买，都在乡公所为皇军效劳。"

"周仓"侧过头去，打量着陈道士，然后大步走过去问："你们的认识？"

陈道士点点头答："我们认识的。"

"他是不是乡公所的干活？"

"是的。我们俩都是乡公所的工友。我做饭，他采买……"

"周仓"突然抽出指挥刀，对准陈道士的脑袋，说："不说实话，杀啦杀啦的！"

陈道士却一动不动，平静地说："我说的是实话，句句都是实话。"

"周仓"将信将疑,把指挥刀插入刀鞘,对两个鬼子兵哇哩哇啦说了几句,和疤拉翻译一起走了。

也许陈道士的话起了作用,从宜山村起程以后,鬼子兵就没有再用皮靴踢郭善堂,也不再打他,但仍然让他赤着膊,反绑着两臂,在凛冽的寒风中,他几乎被冻得昏死过去。

走了三四十里,到周家洼附近,队伍经过一个百十米宽的河滩,只听得"砰砰"两声枪响,北山上有游击队打冷枪。敌人顿时紧张起来,全部趴在河滩里,架起歪把子机枪,猛烈地向山上扫射。郭善堂眼睛一亮,他真希望自己的队伍冲下山来,把敌人打垮,把他救出去。看守他的一个伪军却说:"你小子老实点,我实话告诉你,今天不打仗便罢,要是打仗,'周仓'首先拿你开刀。你说你不是八路军,骗得了谁呀?"

"老总,我真的不是八路,是上头叫我给八路军送东西的。"郭善堂说。

"嘿!你骗骗'周仓'也许可以,你骗中国人没有门。你肯定是四支队的,告诉你,我就在三支队干过,我了解你们的那一套,甭拿瞎话来唬我。"那伪军冷笑道。

郭善堂除了对天发誓外,没有别的办法;他算体会到"家贼难防"的含义了。

下午,来到了郭家镇。郭家镇离莱芜有二十来里,郭善堂过去经常到这里活动,镇上的大人孩子都认识他,知道他是八路军四支队募集队的。所以他非常担心：只要有一个群众暴露他的真实身份，他就彻底完了。日伪军队伍进街的时候，村长臧兰亭带着几个人站在街的西头，手里拿着小纸旗，恭恭敬敬地迎接皇军。当郭善堂与臧兰亭的目光相遇时，臧兰亭大吃一惊，郭善堂便大着嗓门嚷道："我就是这个村子的人。我是穷苦人，生活不下去，到宜山村乡公所当工友，乡长叫我给八路军送东西，不去不行，结果让皇军碰上了，我说我不是八路，皇军不相信，乡亲们救救我啊！"郭善堂说了一遍又一遍，当然是说给村长臧兰亭和周围的老乡们听的。

晚上，日寇和伪军在郭家镇住下了，宰猪杀羊，捉鸡打狗，闹腾了一个晚上。郭善堂被松了绑，敌人允许他穿上棉袄，一个伪军还给他扔过来一个馒头，他大口大口地吃了下去。从早到晚，他不仅在风雪中挨冻了一整天，而且水米没有沾牙，实在是饿极了。

"周仓"酒足饭饱之后，和疤拉翻译一起来到郭善堂跟前，村长臧兰亭走在他俩的身后。"周仓"回过头问："村长，他是不是你们村的人？"

臧兰亭愣了一下，但很快点点头说："是的，是我们村的。"

"你说的是老实话？""周仓"两眼盯着臧兰亭，像要看清他的内心深处。

"太君，我说的是老实话。他从小就是我们村的，我看着他长大的。他原来有一个母亲，前年死了，他家里没有别的人了，也没有田地，生活不下去，才到宜山村乡去当了工友，混碗饭吃。这孩子是良民，大大的良民。从来没有干过坏事。"臧兰亭不慌不忙地说，说得那么真诚，连郭善堂都感到吃惊了。

"周仓"看看郭善堂，又看看臧兰亭，半信半疑，又问："他的家在村子里的什么地方？"

"在村子西头，两间破土屋，太君，我带你去看看？"臧兰亭说。

"不，不去看了。""周仓"摇摇脑袋，走到郭善堂的面前，说："小伙子，以后不准给八路军送东西，给八路军送东西要杀啦杀啦的，明白吗？"

"明白明白，以后就是打死我，也不给八路军送东西了。"郭善堂连忙表态。

"周仓"和疤拉翻译走后，臧兰亭正要把郭善堂带走，一个伪军队长走到他跟前说："村长，你就这样把他领走？太容易了吧！你总不能让弟兄们白辛苦一场啊！"

"队长，请多多包涵，弟兄们不会白辛苦的，我回去想想法子。"臧兰亭连忙说。

臧兰亭从自己家里拿来了三百元法币，塞在伪军队长的手里。伪军队长皮笑肉不笑地对郭善堂说："今天算你运气好，捡了一条小命！"臧兰亭赶紧叫郭善堂表示感谢，而后一起离开了那里。

臧兰亭和郭善堂两人摸着黑，穿过大街小巷，最后来到一户人家院里。臧兰亭弯下腰去，掀起一块木板，下面是黑洞洞的地窖，他对郭善堂小声说"你下到窖里去，不要动，我叫你出来你再出来!"

"好，我听你的，村长。"郭善堂边说边从木梯上下去。

臧兰亭把窖门盖上以后走了。郭善堂坐在黑暗里，开始有了一种安全感，特别是地窖里比外面暖和得多，渐渐地还有一种舒适感。他太疲乏了，身子靠在潮湿的窖壁上，不知不觉竟睡着了。

"小郭! 小郭!"郭善堂迷迷糊糊听到臧兰亭叫他，赶紧答应："我在这儿哩，村长。"

"你说咋办，伪军又向我要钱?"村长伏在窖门口说。

"刚才不是给过了吗?"

"刚才给的是新泰的伪军队长，莱芜的伪军没有得着，不满意，说人还是他们逮的呢，非要我把人交出来不可!"

听臧兰亭这样一说，郭善堂又紧张起来，只得说："村长，你想法子再给他们凑几个钱吧!"

"到哪儿去弄钱呀! 村里的人差不多跑光了，没有地方可借呀!"

"村长，你无论如何得想想办法，把钱凑给他们。我保证这钱公家会还的，即使公家不还，我就是回去卖房子卖地，也要还你的钱。你救了我的命,我不能叫你吃亏,请你相信我。"郭善堂急切地说。

"看你说到那儿去了,你别着急,我再去找找人,想想办法。"说完,臧兰亭又走了。

从地窖口隐隐传来公鸡打鸣的声音,又射进一线逐渐明亮的光,郭善堂知道黑夜已经过去,白天来临了。可是,他不知道敌人有没有离开,所以心仍悬着,忐忑不安。过了好大一阵,他终于听到臧兰亭的声音:"小郭,出来吧!鬼子走啦!"

"你看到他们走了吗?"郭善堂不放心地问。

"我看到了,全都过了河,往莱芜城开去了。"

"村里还有没有鬼子?"

"村里没有了,真的一个也没有了。出来吧,我还能骗你吗?!"

郭善堂心上的一块石头这时才落了地,慢慢向地窖口爬去,他突然觉得背上、腿上的创伤钻心地疼痛,浑身软得几乎连爬出地窖的力气都没有了。臧兰亭伸出双手,把他拉了上来,扶着他慢慢走出这个农家小院。

郭善堂再次来到这个小院是四十五年后的 1985 年。他从泰安经莱芜来到郭家镇,打听当年的村长臧兰亭,人们告诉他:老爷子还在,八十多岁了。他们两个见面以后,那一番欣喜、激动和感慨,就不用多说了。臧兰亭把他带到那个院子,指点当年的地窖出口处,但院里已盖上新房,树木成荫,六畜兴旺，他再也找不出当年小院的影子来了。

那天，郭善堂被鬼子抓走以后，在汶河南等他去开会的募集大队长亓星舫很快便得到老百姓的报告，知道了这一情况，心里非常着急。亓队长决定派人进莱芜城，设法营救他。被派的是个生意人，姓田，他和莱芜鬼子队长的疤拉翻译官熟悉，想多花点钱，买通翻译官，把郭善堂救出来。

老田接受任务后，连夜动身，第二天上午赶到莱芜的城关，正巧遇见扫荡回来的鬼子和伪军进城。老田站在路旁，等队伍过去，并用眼睛在队伍里寻找被捕的郭善堂。突然，他发现一个伪军推着一辆半新旧的自行车，一眼就认出正是郭善堂平时骑的那辆，不禁心里一沉：不好，怎么见不到小郭呢？难道在路上就被他们……队伍走过去了，消失在莱芜城的门洞里，就是没有郭善堂。老田干脆不进城了，掉头返回汶河南，见到亓星舫，哭丧着脸说："大队长，小郭完了！"

"你怎么知道？"亓星舫大吃一惊。

老田把在莱芜城关怎样遇见敌人，发现郭善堂的自行车却不见他的人，从头至尾说了一遍。亓星舫听着听着，也绝望地低下了头；眼眶里滚动着泪珠。

其实，郭善堂这时已经回到了八路军四支队的驻地，向支队司令员廖荣标、政委胡奇才汇报了自己脱险的经过。廖司令员和胡政委听了非常高兴，不仅表扬他在敌人面前沉着应付，机智勇敢，并且高度赞扬人民群众对子弟兵的赤诚爱护和巧妙掩护，决定派干部到郭家镇去向村长臧兰亭和老乡们表示衷心的感谢，把花费的钱全部还给他们。派去的干部是支队政治部民运科长徐伦，外号叫徐大嘴，他到郭家镇以后，买了几十斤猪肉和几斤白酒，请有关的人美美地吃了一顿。席间，大家频频举杯，表示今后更要继续加强军民团结，共同对敌，争取抗日战争的最后胜利。

一天，四支队的敌工部长王芳——他后来曾经担任中华人民共和国的公安部长——找到郭善堂，饶有兴趣地问："你是怎么死里逃生的?"

郭善堂知道，王芳一直从事敌工工作，是个一身是胆，出入敌占区如入无人之境的传奇式的人物，他这样一问，反倒使自己不好意思起来，说："王部长，我这一段经历算不了啥!"

但是在王芳的要求下，郭善堂还是向他汇报了事情的经过。

平时言语不多的王芳不住地点头，目光里流露出赞许的神情，最后说："在老百姓的掩护、救助下，你能应付过来，不容易啊，小郭，我向你祝贺!"

此后不久，组织上就把郭善堂调到敌工部的敌后武装工作队工作。他从此成了王芳的部属，追随王芳神出鬼没地活跃于日寇占领的地区。

第二章　奉命出发

战火纷飞，戎马倥偬。转眼到了 1941 年的秋天。

早在三四月间，和华北其他地方一样，日寇在山东野蛮地推行"治安强化运动"。敌人首先在占领区内强化伪政权、伪组织，然后出动军队，对各抗日根据地进行残酷的"扫荡"。从 7 月开始，敌人又搞了第二次"治安强化运动"，先是对鲁中、鲁南、清河等根据地大肆进行"扫荡"，后来抽调兵力，集中"扫荡"了沂蒙山区。

高粱、玉米已经砍倒，庄稼全都上了场。光秃秃的山坡，大片裸露的田野，遮蔽物越来越少。抗日根据地军民反"扫荡"的斗争，进入了最艰难最困苦的时期。

鲁中军区敌工部长王芳带了郭善堂、张士祥和反战同盟的日本人金野等几个人，来到蒙山以北一带活动。这里是游击边沿区，他们只能昼伏夜出，过着昼夜颠倒的生活。每天太阳落山，夜幕降临，他们便走出村庄，摸到公路上，避开敌人的巡逻队，接通通往敌人据点的电话，金野便拿起话筒用日语喊话："木希木希，阿内依！……"（喂喂，你好！）郭善堂和张士祥则手持短枪，在附近放哨，警惕地注视着周围的一切动静。有时，他们利用夜色作掩护，把宣传品送到据点附近，再在远处用话筒大声喊话，告诉敌人在什么地方有送给他们的礼物，希望他们第二天去取。

敌后的生活是紧张的、惊险的，也是很有趣的。在战斗间隙，郭善堂还向金野学习日语，哇哩哇啦地练习，逗得房东家的小女儿直笑，骂他象是"二鬼子"。

一天上午，郭善堂正坐在土炕上，跟金野学习日语，王芳的警卫员刘寿山推门进来，做着鬼脸说："嘿！学得这么起劲，打算去给鬼子当翻译官吗？"

"你小子才想当鬼子的翻译官哩！"郭善堂很不高兴地说。

"开个玩笑，别发那么大火嘛！"小刘悻悻地说。

"开玩笑也得有个分寸，别太出格了。"郭善堂神情严肃地说。

郭善堂对刘寿山的印象一直不佳，认为他年纪不大，城府挺深，不象纯朴的农村青年。郭善堂知道，他过去在土匪头子刘黑七的部队里干过，而且当了刘黑七的干儿子。提起刘黑七，当时在山东可以说是无人不晓、妇孺皆知的大匪首。他原名刘佳堂，由于面如锅底，在土匪中又排行第七，便得了个"刘黑七"的外号。他十几岁便开始干拦路抢劫的营生，心毒手狠胆子大，逐渐拉起一股庞大的土匪队伍。抗战前他洗劫鲁南寺彦村，一次便残杀700多人。在鲁南老乡家里，孩子如果哭闹，大人一说"刘黑七来了"，孩子就象听到"狼来了"一样吓得顿时止住哭声。人们赌咒发誓时也常说："如果我说瞎话，今天就碰上刘黑七！"可见在人们的心日中，刘黑七与凶神恶煞无异。刘寿山正是在他的手下当小喽罗，并得到赏识，成了他的义子。刘黑七有几十个老婆，刘寿山后来自己吹，曾和其中的七个女人发生过关系。去年一次战斗中，他被八路军俘虏，由于他年纪较轻，能说会道，善解人意，便被留下当了八路军战士，不久又被选拔为王芳的警卫员。这次深入敌后，郭善堂曾经提出过异议，对王芳说："王部长，让小刘去合适不合适？"王芳说："已经定了，他自己也知道了，不好再变。"这样他们便一起来到游击边沿区。但郭善堂一直对小刘存有戒心，今天听他说"学日语是想给鬼子当翻译官"的话，更增加了对他的反感。

刘寿山讨了个没趣，也就不说别的，只冷冷地说："郭善堂，王部长叫你去！"

郭善堂估计有新的任务，马上从炕上下来，朝王芳的住所走去。

王芳正站在门口等他，见他快步朝自己走来，便问："小郭，有什么情况，看你急急忙忙的样子！"

"我来接受新的任务！"郭善堂回答道。

"你怎么知道有新任务？机灵鬼！过来坐下再说。"王芳招呼他坐下后，说："小郭，咱们出来已经两个多月，开展对敌宣传，瓦解伪军、伪政权，都取得了很大的成绩。最近，鬼子对咱们抗日根据地又发动了第三次'治安强化运动'。这次日军第十二军司令官土桥调动了5万多人，有3个师团、4个旅团，还有一部分伪军，分多路、多梯次向沂蒙山区进攻，妄想消灭咱们山东的党、政、军领导机关，摧毁沂蒙山区抗日根据地。现在，形势十分严重，根据地军民正在紧张地进行反'扫荡'的斗争。"

"那咱们赶紧回根据地去，参加反'扫荡'战斗吧！"郭善堂早就想上前线同敌人面对面地打仗了。

"不，你不能回去，你另有任务。"王芳摇摇头说。

"啥任务？"郭善堂想不出有比参加反"扫荡"战斗更重要、更紧迫的任务。

"你的新任务很重要也很艰巨。"王芳亲切而严肃地说，"最近军区首长决定，为了获得更多的情报，及时掌握敌人的动态，切实做好反'扫荡'的准备，更准更狠地打击敌人，我们要派一些精明强干的同志深入敌占区，打到敌人内部去。他们要象孙悟空钻到铁扇公主的肚子里一样，钻进敌人的指挥机关里，钻得越深越好，爬得越高越好，这样才能获得更有价值的情报。小郭，组织上决定把你派出去，你有信心完成这个特殊任务吗？"

对郭善堂来说，这个任务来得太突然太意外了。深入敌人内部，成天同日本鬼子打交道，自己能应付得过来吗？再说这一去，离开了根据地，离开了同志们，也离开了自己的家，从此孤身一人，和亲人们不仅见不到面，而且无法取得联系，这是多么难以想象的事啊！所以，他沉吟了许久，抬起头怯生生地说："王部长，这事太难了，我怕干不了。"

"要和魔鬼打交道，当然难，不过也没有什么了不起的，事在人为，我们相信你能行，能克服困难完成任务。组织上已经决定，你就不要有别的考虑了。"王芳看着他说。"这次你要去的地方是泰安、济南，最好是到济南，那里的情报关系到咱们山东抗日根据地的全局。组织上为你提供一些关系，更多的关系和条件要你自己想办法去寻找，去创造。你到敌占区以后，第一步是要取得合法身份，领上'良民证'，找到谋生的职业，争取站稳脚跟；第二步便是积极创造条件，寻找机会打入敌人内部，千方百计取得敌人的信任，长期潜伏下来，然后设法搞敌人的情报，军事情报、政治情报和经济情报，各方面的情报对我们都有用处。"

郭善堂见王芳说了这样的话，也就不再说什么，便问："王部长，如果有了情报，怎样和组织上联系呢？"

"你可以到东都镇找春风酒馆的掌柜王春凤，他是我哥，你找到他以后他会安排的。你这次去，任务是接上关系，设法站住脚，不要求你做别的事。20天以后，回来汇报一次情况，最长不超过25天。如果逾期不归，说明你'出师不利'，不是找不到人，接不上关系，就是领不到敌占区的良民证，或者有可能被敌人逮捕，甚至光荣牺牲了。"

听了王芳的这些话，郭善堂虽然心里仍有点紧张，但是笑道："王部长，我不怕被敌人逮捕，只怕当了'日本特务'被八路军杀了，那才冤呢！"

"也不是没有可能的。因为人家不知道你的真实身份，你会被人家怨恨、咒骂，甚至……对这一切，你都应该有足够的思想准备，要忍耐，要提高警惕。"王芳看了他一眼，又说："不过，你这次去，军区的罗舜初司令员、周赤萍主任、组织部侯部长和我四个人都知道，我们能够证明你是党派到敌人那边去的，可以证明你的党组织关系。所以，你放心去，我们四个人总不会同时牺牲的吧，只要有一个人活着，就能证明你的真实身份和这一段特殊的历史。"

王芳把话说到这种程度，郭善堂感到是组织上对自己极大的信任和严峻的考验，便站起身庄严地表示："王部长，我一定努力完成任务！"

"好，祝你成功！"王芳点点头说。

第二天夜晚，郭善堂从韭菜石字村出发了。和他同行的是"精兵简政"编余下来的通讯员小王，他要回老家去，他的老家在泰安角余村，对去莱芜、泰安一带的道路比较热，两人结伴，能够互相照应。那天，两人都穿一身黑土布棉袄棉裤，外穿一件黑布面白布里的棉大衣；郭善堂腰间插了一支二八盒子枪，小王身带一支捷克造的外号叫"十三太保"的手枪。天暗以后，他俩走出村子，很快便消失在浓黑的夜色里。

朔风呼啸，雪花飞舞，天气特别寒冷。远处，几点鬼眼似的灯光在闪烁，那里是敌人的炮楼。他俩尽量避开有灯光的地方，朝弥漫着黑暗的田野走去。

一条灰白的公路横在前面，鬼子的巡逻车隆隆地响着，从远处奔来，耀眼的车灯照得周围如同白昼。他俩伏在路边干冻的小河沟里，一动不动，等敌人的巡逻车去远了，郭善堂说了声："走！"两人纵身跃起，疾步通过公路，又迅速消失在公路那边的风雪弥漫的田野里。

一条小河泛着寒光，挡住了去路。他们站在河边，听不到水声，大概已经结冰封冻了。不知哪里有桥可以过河，只有从冰面上走过去。郭善堂首先跳下河岸，来到冰上，可是没有走几步，只听得"咔嚓"一声，脚下的冰破裂了，两脚踩到水里，他连忙说："小王，当心，冰不结实。"说时迟那时快，小王的脚也已陷入水中。幸亏河水不深，他们徒涉过河，上了对岸，连忙把裤腿的水拧干。这时寒风袭来，湿漉漉的鞋子结起了冰碴，没有走几步，双脚便被割得鲜血直流。

东方终于露出鱼肚白。他们奔波了一夜，越过四条公路，绕过十多个敌人的据点，走了五十多华里，在天明时来到莲花山下的杨柳村，找到了联系人马达。

马达刚刚起床，睡眼惺忪地接过郭善堂递给他的王芳写的信。看完以后，他见郭善堂、小王站在那里，裤腿、鞋子冻了冰，地上已湿了两滩水，连忙说："把你们冻坏了吧！快换衣服、鞋子。脚不能用热水烫，得用棉花包起来，等暖过劲来以后再用温水洗。"

郭善堂和小王已经走得精疲力竭，脱去湿衣湿鞋，胡乱吃了点东西，便倒在炕上呼呼入睡。

晚上八点多钟，马达找来四名"防共自卫团"的团员，实际上他们都是当地的青年农民，一个个缩着脖子躬着腰，抱着一杆红缨枪，来到乡公所。马达对他们说："今夜给你们一个重要任务，负责护送他们到莲花山去，要带好路，保证他们的安全，听到没有？"

"听到了。"四个人齐声说。

"今晚怎么走好？"郭善堂问道。

"大伙儿商量一下。现在这一带的情况比较复杂。鬼子大'扫荡'以后，在莲花山周围进行蚕食分割，修了好多据点。隔不远就是一个炮楼，敌人在炮楼里可以互相喊话。"马达指着山上的点点灯光说："你们看，这是炮楼，那是炮楼，远处也是炮楼……所以你们要特别小心，千万不能麻痹大意！"

"不碍事。鬼子炮楼修得再多，也挡不住咱们老百姓走路。"一个年纪稍大留有两撮黑胡子的老乡说。

"你说走哪条路线安全？"马达问他。

"从这里出去，经姚家坟，插进大榆树沟，经过哈蟆嘴，进了松树林，从那里到莲花山东口……这条路一个炮楼都没有，也不绕道，路还好走。"黑胡子老乡胸有成竹地说。

"对，对，就这样走，这样走既近便又安全。"其他三人也都附和着。

郭善堂和通讯员小王把枪提在手里，跟着四个老乡匆匆上路了。天仍然阴着，朔风在山谷里、田野上呼啸着，漫山遍野的积雪反射着寒光，比月夜还要明亮。

他们在雪地里大约走了个把小时，已经穿过姚家坟，正向大榆树沟走去，突然发现前面有手电筒光在晃动。"有情况，敌人的巡逻队！"郭善堂的话音刚落，就听得对方大声喝问："干什么的？"

"你们是干什么的？"郭善堂卧倒在雪地上，反问道。

"你们是哪一部分？"对方又问。

"我们是陈司令那里的。"郭善堂所以这样回答，是因为这一带有个有名的姓陈的土匪头子，在一次战斗中他的手臂被八路军砍了三刀，仍侥幸逃脱，人们都叫他陈三砍。郭善堂说是他手下的人，想以此镇住对方。

"你们过来！"对方并未放松警惕。

"你们过来！"郭善堂来个针锋相对。

"你们到底是什么人？"

"他妈的，告诉你们了还问！你们是什么人？是不是八路？"郭善堂回头对通讯员小王喊道："勤务兵！"

"有！"小王回答。

"叫一班上来！叫机枪班上来！"郭善堂故意大声说。

"是!"小王心领神会,也高声答应。

郭善堂的"空阵计"果然奏效,对方以为遇上了大部队,掉过头就往后跑。郭善堂喊声"不许动",并放了一枪,造成更加紧张的气氛。趁对方惊恐逃命,郭善堂拉着小王向西南方向奔去。

他俩一口气跑了两里多路,气喘吁吁地停下来,听得敌人在后面高喊:"别误会,自己人!咱们是自己人!"

"去你妈的,谁和你们是自己人!"小王气愤地骂道。

郭善堂这时才发现,四个当向导的老乡一个也没有跟来,早已跑得无影无踪。想起临来时马达对他们的要求,心中又好笑又生气,转而一想,也不奇怪,都是些没有经过战阵的农民,对他们不能要求过高。只是他们两人失去了向导,山上山下敌人的据点那么多,真有盲人骑瞎马夜半临深渊之感了。没有办法,只有朝着大方向摸索前进,他对通讯员小王说:"紧跟着我,咱俩可不能走散了。"

他俩不知道自己现在的位置是什么地方,更不知道大榆树沟在哪个方位,显然,按照原来的路线走已不可能,只有由西北方向上山,从敌人的炮楼中间摸过去。两个人悄悄地前进,钻树林、越沟壑、过巉岩,有次走上了断崖绝壁,又不得不退回来,另觅新的通路。终于,离山顶敌人据点的灯光越来越近了。他们说不清自己是紧张还是高兴,伏在一块巨石的后面,观察从哪里走可以安全通过。

　　他们看着看着，猛然发现西边的山崖涂上了一层亮色。渐渐露出清晰的轮廓，再看看东方，山后的天空更加明亮，呈现出鱼肚白，这些景象都预示着天快要亮了。怎么办？继续前进无异于自投罗网，只有尽快找个比较隐蔽的地方躲藏起来，天黑了再走。

　　北风象野兽在山谷里怒吼，卷起山坡上的积雪，打在脸上象针扎似的疼。他俩蜷缩在一块巨石下的洼地里，反穿了棉大衣，一动不动，远远看去，象是覆盖了一层白雪的两块石头。

　　然而，饥饿和寒冷却一齐向他们袭来。他们既没有带水，又没有带干粮，渴了还能抓把积雪嚼着，饿了却一点办法都没有。两只脚开始时还有冻得疼痛的感觉，后来就逐渐麻木，以至完全失去了知觉。

　　天虽然晴了，风却越刮越紧，搅起积雪漫天飞舞。老天似乎和他们作对，下决心要冻死这两个卧伏在雪地里的生物。

　　一阵哇啦哇啦的声音随风传来，郭善堂朝下看去，见百十米外有一条曲折的小路，十几个扛枪的鬼子正吃力地往上爬着。他顿时紧张起来，如果敌人发现了他们，怎么办？跑，肯定跑不掉，干脆同敌人拼，打死一个鬼子够本，打死两个赚一个，但是组织上交代的任务谁来完成呢？或者把枪埋在雪里，假装是老百姓，蒙混过关再说。他便小声对小王说："万一敌人发现了咱们，就说咱俩是民夫，抓来修炮楼的，家里老人病了，我们没有办法才逃跑的。"

"嗯。"小王点点头道。

恶劣的天气终于救了他俩。十几个鬼子只顾埋头爬山赶路，根本没有往别的地方看，从他们旁边的山路上走过去了。

他们一分一秒、一时一刻地挨着，焦急地盼望着太阳快快落山，夜幕早些降临。因为只要天一黑，他们就自由了。然而，饥饿、寒冷、紧张，使他们觉得度日如年，时间似乎也被冻得凝固住不再往前移动了。

终于，太阳落到山背后去，天色逐渐黯淡，远处的山峦成了一片黑影，近处的林木已模糊不清，敌人的据点里又亮起了鬼眼似的灯光。

"小王，咱们走吧！"郭善堂提议说。

"走。"小王点点头，又说："怎么搞的，我的脚不听使唤了，站不起来！"

郭善堂也是这样，两条腿好象不属于他自己的，简直站不起身来。他半开玩笑地说："让两条腿休息了一天，它们倒罢起工来了。"

"你还说笑话，我的腿冻坏了。"说着，小王"呜呜"地哭了。

小王一哭，郭善堂心里也慌了：真要是冻坏了腿，走不了路，在这荒山野地里，敌人的炮楼附近，岂不要束手待毙？但是，责任使他不能向困难低头，更不能象小王那样哭泣，他安慰道："小王，别哭。这是一天没有活动两脚冻僵了，活动活动就会好的。凑近点，我给你捶捶。"

他们用拳头互相捶打，继而用石块互相敲击，后来又抱着在雪地里翻滚，挪动、搓揉、踢蹬……经过好一阵活动，两只脚渐渐有了些知觉。他们站起来，向前走去，一次次跌倒，又一次次爬起，两个人你拉着我，我扶着你，摇摇晃晃，跌跌撞撞，蹒跚着向前走去。

他俩来到马头崖前。郭善堂过去曾经在这一带打过游击，熟悉这里的地形。他知道，马头崖山势陡峭，形似昂首天外的马头，一条险路只两米来宽，缰绳似的悬挂在山间，人们一般都白天上山，夜晚上山有坠身深谷的危险，所以都不敢摸黑行走。他还知道，附近人烟稀少，山脚只有一户人家，老夫妇两个，都六十多岁的年纪，过着衣不蔽体、食不饱腹的穷苦日子。这时，他和小王又冷又饿，浑身已没有一点劲儿，便决定去找老大爷要点吃食，再打听一下这一带的敌情，争取在天亮前摸过马头崖去。

他们找到了山下的那座茅草房。屋里没有灯光，漆黑一片，寂无声息，象是一座久无人住的废屋。郭善堂走到门前，小声叫道："老大爷! 老大爷!"屋里没有任何反应。他伸手去敲门，谁知门是虚掩的，一下把门推开了，借着外面白雪的反光，他看见一个人正默默地站在那里，一声也不吭。

"老大爷，我们是八路军。"郭善堂跨进门，小声说。

"我们这里没有八路军。"老大爷答非所问，声音里充满了惊恐、疑惧。

"老大爷，我们确实是八路军，打这里路过的，你老人家放心。"

"我们这里没有八路军，我们也不知道八路军。"

"老大爷，这一带我熟，我们队伍在这里打过游击。我把四周的村子名报给你听听，你就知道我不是说瞎话了。"

可是，等郭善堂把附近的大小村子名字背了一遍，老大爷仍是那两句话，顾虑一点也没有减少。这时，他才真切地体会到，敌人极端野蛮极端残酷的"扫荡"，在广大群众的思想上造成多么巨大的压力啊！

没有办法，郭善堂只得单刀直入地说："老大爷，你信也好，不信也好，我们真是八路军。我们已经一整天没有吃东西了，你这里有啥吃的，能给我们弄点吗？"

"没有……啥吃的东西。"老大爷迟疑了一下，又说："有两个高粱面饼子，几块咸菜疙瘩，你们吃吗？"

"吃！"

老人走到灶前，摸黑拿出几个硬梆梆的饼子。他们两人早已饥肠辘辘，疲惫不堪。一人抓起一个饼子大口吞咽起来。老大爷站在一旁看着，见这两个陌生人吃高粱饼吃得这样香甜，津津有味，不象是汉奸二狗子，又转身从炉台上提来一把铁壶，说："喝点热水吧，暖和暖和身子骨。"

"谢谢！谢谢！"郭善堂赶紧接过水壶，又问："老大爷，马头崖顶上有没有住队伍?"

"白天是有,晚上还在不在,俺就说不上了。"老大爷说。

"要是不走马头崖,从山下沟里走,经过几个据点才能出山?"郭善堂又问。

"有八九个据点呢。"老大爷计算了一下,回答说。

"这些据点里是日本人还是中国人?"

"团山村据点是日本人,其余的好象都是中国人。"

"穿军装,还是穿便衣?"

"有穿军装的,也有穿便衣的。"

郭善堂和小王吃完两个高粱面饼子,又喝了两碗热水,顿时觉得身上暖和多了,也有劲了。他俩商量,为了节省时间,连夜从马头崖翻过山去,下山后再走二十多华里就到郭善堂要去的目的地了。

他们告别了老大爷,摸黑向马头崖走去。开始路还好走,越往上走山路越险,有的地段一边是刀削似的石壁,一边是万丈深渊,小径宽不盈尺,他们只能四肢着地,缓慢地往前爬行。两人走走停停,停停走走,使尽了浑身力气,总算离山顶越来越近了。他俩正怀着胜利的喜悦,要向马头崖发起最后的冲刺,突然从前面黑暗里传来一声喝问:"干什么的?"

他俩大吃一惊,赶紧闪身躲在靠山崖的路边。

"轰隆隆",随着一声打雷似的巨响,一块大石头顺着山路滚落下来,它越滚越急,冲出路面,坠入深谷,在谷底发出轰然巨响。

一切又都归于寂静。郭善堂蹲下身子，从路边捡起一块石子，朝刚才石块坠落的方向扔去。敌人听到了响声，立即朝黑暗中射击。子弹的"嗖嗖"声，划破了宁静的夜空。

"快走！"郭善堂拉着小王，飞快地朝山下跑去。等他们回到老大爷的茅草屋，天色已明，又一个白天来临了。

老大爷对他们说："白天常有汉奸来家抓夫要粮，你们在这里不安全。咱们到后面山沟里去避避，要是被鬼子汉奸看见了，就说咱们是打石头的，没有情况你们就在那里休息睡觉，养足精神好天黑走路。"

这是个好主意。他们便扛了铁锤等打石头的工具，带了煎饼和咸菜，向后山沟走去。

他们在后山沟蹲了整整一天。

天黑以后，郭善堂和小王回到老大爷家，吃了点东西，又上路了。老太爷把他们送出好远，嘱咐他们路上要多加小心，宁可多走些路，也要避开敌人的据点。

翌日早晨，金色的朝霞照耀着白雪皑皑的原野，他们终于走出了莲花山，越过敌人的封锁线。到了平原以后，小王要回家往泰安方向去，郭善堂则要去莱芜，两人该分手了。短短儿天，他们在一起出生入死，历尽艰辛，一旦分别，自然依依难舍。小王把手枪交给郭善堂，眼圈红红地说："我回家去了，你要自己当心。将来如有机会，到角余村看看我啊！"

郭善堂握住小王的手，说："你虽是精简回家，但还要做抗战的工作。小日本一天不打败，咱们就一天不能松劲。"

小王点点头，泪水在眼眶里滚动着。

小王转身走了，很快他的身影消失在远方的雪原中。郭善堂久久站在那里，发现只剩下自己孤身一人，但他并不气馁，吸一口气，便迈开大步向莱芜走去。

第三章　如期归来

　　郭善堂腰里别了两支短枪，独自在沦陷区行走，不免有些提心吊胆。他绕开集镇，专走小路，终于在太阳快要落山时，来到离莱芜城两华里的吴家楼子，找到住在这里的何士卿。

　　何士卿原来也在八路军山东游击第四支队募集队工作，是个共产党员，由于他年龄较大，身体又不好，去年部队精兵简政就把他给精简下来了。人虽然离开部队回了家，但他的心仍在部队上，时时记挂着同志们，想着抗日打鬼子的事儿。所以，当郭善堂风尘仆仆地跨进他的家门时，他既高兴又激动，说："哎呀，小郭，什么风把你给吹来的？"

　　"抗日的风，打鬼子的风。"郭善堂笑嘻嘻地说。

　　"同志们都好吗？亓大队长好吗？王部长好吗？……"他连珠炮似的发出了一连串询问。

　　"好好，都很好。"

　　"你这次来有什么任务？"

　　"你别急，咱们慢慢谈。"郭善堂坐下以后，凑到他的耳边小声说："我身上有两支短家伙，你给我藏起来。"

　　"你不用了？"何士卿问。

"暂时不用，以后再说。这次王部长交给我的任务是深入敌人内部，了解情况，及时报告。"

"要我做些什么事?"

"我要去泰安，你能找关系把我送去吗?"

何士卿沉吟了片刻，说："我有个叔伯兄弟叫何玉偶，在莱芜的浅石洋行当经理，他可能有办法送你去泰安。"

"这个人可靠不可靠?"郭善堂问。

"没有问题，可靠。他虽然在鬼子洋行里干事，内心里还是爱国的。前些日子他还和我谈起，说想同八路军建立点联系，也好有个靠山，他也知道小日本是兔子的尾巴——长不了。我去同他说说，他准乐意接受这个任务。"

"那好，你尽快和他联系，最好叫他亲自来一趟。"郭善堂听说有这样一个比较可靠的线索，心中大喜。

三天以后，何玉偶果然从莱芜城里来到吴家楼子。他有三十岁上下，白净面皮，穿一件浅蓝色的长袍，头戴灰呢礼帽，脚穿黑直贡呢棉布鞋，完全是生意人的打扮。见面时，他脱下礼帽朝郭善堂连连点头，说："久仰久仰! 兄弟来晚一步，对不起!"

大家坐下以后，寒暄了几句，郭善堂便单刀直入地把谈话引向正题，说："何先生，今天把你请来，是想让你帮个忙。何先生是明白人，大道理不用多讲，为了民族的解放，为了打败日本侵略者，咱们每一个中国人都应该贡献自己的一份力量。士卿向我介绍了你的情况，所以才请你帮助我们，不可靠的人我们决不会找他的。不知道何先生有没有困难？"

"士卿哥已经和我说了，我一定鼎力相助。抗战人人有责，兄弟决不推辞。"何玉倜说，"要说困难嘛，只怕人多了不大好办。不知你们有多少人要去泰安？"

"就我一人。"郭善堂说。

"就你一个？那没有问题，这事包在我身上了。"何玉倜松了口气，又说："这事要绝对保密。叫日本人知道了，可不是玩的，要掉脑袋的。"

"这事你知道，我知道，还有士卿知道，除了咱们三个人，对谁都不要讲，绝对保密！"郭善堂说。

何玉倜看看郭善堂身上穿的黑土布棉裤棉袄，摇摇头说："这身衣服恐怕不行，太扎眼了，一看就知道是从山区根据地出来的，最好换身细洋布衣服。"

"临时做衣服哪里来得及？"郭善堂感到作难了。

"你穿我的衣服试试看。"何士卿从柜里拿出了半新的衣裤、长袍。

郭善堂马上穿上，不长不短，不肥不瘦，正好合身。郭善堂又洗了洗头，把乱草似的头发梳理了一番，何士卿还往他头上抹了些发油。经过一番收拾打扮，郭善堂显得容光焕发，风度翩翩，身上的土气一扫而光。何士卿用赞赏的目光看着说："常言道：'佛要金装，人要衣装'。小郭和刚才相比，就象换了一个人!"说得三个人都笑了。

当天下午,郭善堂随何玉偁进了莱芜城。两天以后的早晨,何玉偁把他领上了一辆日铁株式会社的运输车,和一些日本兵、中国商人一起离开莱芜前往泰安。

这是一辆烧木炭的汽车,在公路上缓慢地爬行着。郭善堂抱着幸灾乐祸的心情,看着汽车走一段路,就得停下,有日本人下来使劲摇动鼓风机,让木炭烧得更旺,汽车才有足够的能量作动力继续往前开动。他心想:日本帝国主义物资匮乏,能源短缺,已是到处捉襟见肘了。更使他高兴的是,一路上,经常有抗日游击队从山上的树林里向汽车打冷枪,车上的日本兵惊恐异常,有的躲在车箱的角落里,有的甚至用军毯蒙着脑袋……但是,他见公路边上鬼子的炮楼很多,几乎每隔二三百米就是一座炮楼,严密保护着交通运输线,所以游击队的袭击也难以构成严重的威胁。不过,汽车行进的速度大大减慢了,从莱芜到泰安,正常情况下汽车三个多小时就可以到的,却行驶了六个多小时。

太阳西斜时,汽车到了这座泰山脚下的城市。下车以后,郭善堂先到食品店买了一盒点心,提在手里装作探亲访友的模样,按照预定计划直奔灵芝街,去寻找一个名叫侯希仉的人。

侯希仉过去也是四支队的募集队员,郭善堂还当过他的分队长。1940年,他在徂徕山前的老家活动时,被日本鬼子抓去。他被捕以后,只承认曾经干过八路军,由于吃不了苦早就不干了。敌人问他八路军的情况，他尽说些人所共知的事，没有泄露党的机密和出卖同志，敌人没有办法，只得将他释放。他在泰安安下家来，便主动和党组织取得联系，后来他在日本人开的浅石洋行谋到职业，又和驻济南的日军土桥部队的特务机关发生了关系，他都及时将情况报告党组织。所以，郭善堂这次来泰安，王芳叫他去找侯希仉，把侯希仉家作为落脚点，并说："侯希仉是可靠的，他的兄弟侯希诚也在咱们这边，表现不错。你去了先同他联系，请他帮助解决一些困难。"

郭善堂一路打听，终于找到灵芝街，又按照门牌号码找到了侯希仉家。他见一个青年妇女正坐在门口挽着袖子洗衣服，便上前一步，问道："大嫂，这里是侯希仉的家吗？"

青年妇女抬起头，打量着他，问："你找他有啥事？"

"我是他的朋友。"

"先生贵姓？从哪里来？"

"我姓林，从济南来，刚下火车，就找到这里来了。"

青年妇女刚擦擦手要站起身，从门里又走出一个五十来岁的老婆婆，招呼说："快进屋吧！快进屋吧！"

郭善堂仔细一看，她不是别人。正是侯希仉的母亲。他过去在徂徕山一带活动时，曾经在侯希仉家里住过，所以认识她。郭善堂进屋以后，高兴地说："大娘，你还认识我吗？"

"你不是小郭吗？"老大娘仔细端详着说。

"是呀，我叫郭善堂。"

"那你怎么又姓林？"大娘问。

"大娘，在沦陷区不得不提高警惕，我不用过去的名字，改姓林了。"

"你是从济南来？"大娘又问。

"不，我是从咱们那边来的，不过不能对外人说，要绝对保密。"

"你的花花点子还不少呢！"大娘笑道。

"希仉在家吗？"郭善堂问。

"希仉到济南去了，早上走的，说是为了一桩买卖上的事。今天晚上回来。"大娘又指着站在门口的青年妇女说："这是希仉的媳妇，你没有见过吧！"

青年妇女不好意思地朝他点了点头。

"小郭，你先歇着，等希仉回来。"大娘招呼道，"要是有人问起，就说咱们是亲戚，你是我的表侄，我是你的表大娘，你是从济南来串亲戚的。怎样？"

"大娘的花花点子也不少呀！"郭善堂开玩笑说。

"这叫保密，大娘我懂得。俺也是从老根据地出来的嘛。"

大娘的话，说得郭善堂笑了。

深夜，侯希仉从济南回来了。一进门，发现了郭善堂，感到既意外又吃惊，高兴得不知说什么好，只是连声说"没想到，没想到！"并问："你咋来的呢？"

"你先歇口气，嫂子还给你留着饭哩，你吃了饭咱们再谈。"郭善堂说。

侯希仉吃完饭，他母亲和妻子收拾了碗筷都去睡了，他把郭善堂引进一间堆放杂物的小屋，两人坐在木床上，悄声地交谈起来。

郭善堂首先谈了自己此行的使命，然后说："王部长很信任你，说你干得不错，所以叫我来同你取得联系。"

"这太好了。我一个人在这里。找个商量事儿、说句心里话的人都没有，你来了就好啦!"侯希仉欣喜地说。

"今后你要多多帮助我!"

"说啥帮助不帮助，这是应该做的，今后你就把这里当作自己的家，有什么事只管吩咐。"

"当前最最紧要的，是要领一张良民证，不然行动不自由，而且容易出事。"郭善堂说。

"这个好办。警察局里我有熟人，我明儿去找他。"

"领到良民证以后，你再想法给我找个职业。"

"干什么事比较合适?"

"最好能够接近小鬼子的。"

"在洋行干行吗?"

"可以。"

"我给日本老板说说。洋行现在正缺人手，我估计能成。"

……

第二天，郭善堂到照相馆拍了一张一寸正面免冠半身照，作为领取良民证之用。这张照片，他一直保存至今。照片上是一个二十几岁的英俊青年，留着分头，端正的鼻梁，微薄的嘴唇，两道剑眉，一双大眼，透露出朴实、机智而又刚毅的性格。他两眼注视着前方，嘴角隐着浅浅的微笑，似乎正满怀着信心去迎接即将来临的崭新而艰巨的任务。他穿了件灰色对襟中式夹袄，里面是白布中式衬衣，衣领露了些出来……身上的衣着显示出，他确实是个刚从农村来到城市的人。

两天以后，侯希仉通过泰安警察局的一位朋友，顺利地为郭善堂办了一张照片角上加盖钢印的"良民证"。

郭善堂接过"良民证"，心里松了口气。因为，这张小小的纸片意味着取得了在沦陷区合法居留的权利，再不必成天提心吊胆，遇见敌人的哨兵担心盘查，听到敲门声怀疑警察来查户口……他甚至可以放心大胆地到各处去活动了。当然，在这张"良民证"上，他已不再叫郭善堂，而是换了个陌生的名字叫"林洪洲"。这个名字他后来用了好几年，直到颁发"良民证"的日本侵略者失败，中国人民取得抗日战争的胜利。在这之前，在泰安一带，几乎大人孩子都知道有个大特务名叫林洪洲的。

领到"良民证"后，郭善堂算了一下，离他回去向王芳复命的期限没有几天了，他决定明天就动身。

早晨，侯希仉把郭善堂送上开往楼德的火车。车厢里人来人往，熙熙攘攘，烟雾弥漫，声音嘈杂。他俩正在寻找座位，突然听得有人喊侯希仉的名字。这人有三十来岁的年纪，黑胖的脸，一嘴烟熏的黄牙，穿一件黑布长袍，戴一顶棕色毡帽。侯希仉悄声说："这个人名叫韩日生，过去专做牲口生意，听说近来也给日本人干事了。"

"希仉，你上哪？"韩日生大声嚷着。

"日生大哥，我是来送人的。这是我的表兄林洪洲，他到禹村去。"

"那太好了，咱们同路。坐吧，就在我旁边坐，空着的。"韩日生挪开身子，把他一人占的座位让出一半给郭善堂坐。

"我表哥头一遭出门，路上请日生大哥多关照点。"侯希仉说。

"这你放心，没有问题，你的亲戚也就是我的亲戚。"韩日生咧着嘴，大包大揽地说。

列车开动之前，侯希仉下车了。车开以后，韩日生关切地问："林老弟，你要到哪里去？"

"我要到新泰去，联系点货源，那里出产花生。"郭善堂说。

"新泰花生有的是，可是那里不能去。"韩日生连忙摇头说。

"为啥不能去？"郭善堂问。

"不通车呀！"韩日生说，"铁路正在修，还没有铺轨，又没有公共汽车，一百多里的路程，你怎么走啊？"

其实，郭善堂对此心里一清二楚，但装作不了解情况的样子，着急地说："那可抓瞎了，该怎么办呢？"

韩日生眨巴眼睛想了想，说："林老弟，你真要去，我给你想想办法。我有个朋友在禹村日铁公司干事，也是做买卖的，我本来不去禹村，今天陪你去一趟，托咐他后，我再坐车去楼德。"

郭善堂见韩日生果然是乐于帮助朋友的热心人，连忙说："那太感激你了！"

"你就别客气，事情成了再谢也不迟。"韩日生笑道。

列车到禹村站，郭善堂和韩日生下了车，住进离车站不远的一家小饭店。韩日生顾不得休息，马上去找日铁公司的朋友。回来时兴高采烈地说："林老弟，算你的运气好，他们明天就有汽车到新泰去，五元钱一张票。"

"你给我买了吗？"

"当然买啦！"说着掏出汽车票交给郭善堂，脸上露出得意的神色。

郭善堂再次向韩日生表示感谢。

第二天，他们两人匆匆分了手。韩日生乘上火车去楼德，郭善堂乘坐日铁公司去新泰的汽车，不过他没有去新泰，而在途中的东都镇下了车。

东都是禹村与新泰之间的一个大集镇。由于张家庄煤矿离它只有三华里，孙村煤矿离它也不远，日本人又在修筑禹村至新泰、莱芜的铁路，所以虽然在战乱年月，镇上仍然商贩云集，生意红火，呈现出畸型的繁荣。大名鼎鼎的八路军四支队敌工部长王芳的家就在东都镇，他的哥哥叫王春凤，人们都知道他和弟弟不同，是个生意人，在镇上开了一家春风酒馆，一年四季顾客盈门，买卖兴隆，连日本人有时也到他的店里喝酒吃饭哩。

这天下午，郭善堂来到春风酒馆门口，见店里没有客人，只有一个二十多岁的妇女坐在柜台里。他走上前去，叫了一声"大嫂"。

"你找谁？"那妇女问。

"我找王掌柜王春凤。"郭善堂回答。

"你是从哪里来的？"那妇女把他打量了一番，盘问道。

"我是他朋友。"郭善堂含糊地答道。

"你从哪里来？"那妇女并不放松。

"我刚下汽车，从泰安来的。"

"找他有啥事？"

"有点小事。"

她又仔细地打量着，并站起身道："你请进来坐吧！他现在不在，回家去了，一会儿就要来的，你在这里等他吧！"说完，倒了一杯茶，端到郭善堂的面前。

郭善堂正喝着茶，端详着店堂里的陈设，见一个中年男子走进店来，郭善堂一眼就认出是王春凤，因为他是王芳的胞兄，两人在某些方面十分相象。那妇女小声和他说了几句，他便走过来问："你——从泰安来？"

"是，我从泰安来。"

"有事吗？"

"没有事，春天快来了，来看看你。"

这是一句联络的暗语，是王芳告诉郭善堂的。当他说出这句话后，王春凤马上知道是自己人，高兴地说："好好好！你回来啦！"又警惕地走到门口看看有没有人，然后回到郭善堂的面前，亲切地说："刚到？"

"刚到。"郭善堂点点头。"王部长告诉你我要来的事？"

"他和我说了，说你就在这两天回来。你辛苦啦！"

"没有啥辛苦的，就是跑了一趟。我什么时候回去？"

"你先在店里歇着，我叫人送信去，看王部长决定你们在哪里见面。"

"好的，一切听从你的安排。"

郭善堂在春风酒店住下以后，就完全放心了。他不禁回想出去的时候，步行穿过敌人的封锁线，经历了多么曲折艰辛的路程！回来却大不一样，由于领到了"良民证"，乘了火车乘汽车，两天就到东都了。他希望尽快见到王部长，第二天果然接到通知：晚上到李家楼子和王芳会面。

这是一个晴朗的冬夜。繁星满天，霜花铺地。郭善堂出了东都镇，顺着崎岖的小路，向李家楼子走去。他此刻的心情十分兴奋，象离家外出的游子回家一样，他有多少新奇的见闻要和同志们说，有多少惊险的经历要向王芳讲啊！

走到李家楼子村口，一个人突然从树丛中走出来，叫道："小郭！"

郭善堂听出是王芳的警卫员刘寿山的声音。他不由得想起他离开前跟金野学习日语，小刘曾用"当翻译"的话取笑他，他俩因此闹得不愉快的事，觉得那时自己过于认真，心里有些内疚，所以刘寿山招呼他后，他马上热情地迎上去说："小刘，你等我好久了吧！"

两个人嬉笑着，你打我一下，我推你一把，又亲亲热热地和好如初了。

"王部长在哪？郭善堂问。

"王部长在开会叫我先来接你。"小刘把郭善堂上上下下打量了一番，说："嘿：小郭你是从大地方回来的吧！是从济南回来，还是从泰安回来。

"你打听这干啥？

"看你穿的这件八路军的军服挺神气，一看就知道你是从大地方来的。"刘寿山喋喋不休地说着，又问："小郭，你一走二十多天，干吗去了？"

"小刘，王部长过去怎么跟咱们说的？不该自己知道的事情别乱问。"郭善堂说。

"对，不问不问。"刘寿山不好意思地说："我这个人啊，就是管不住自己，特别好奇，总想知道济南、泰安这些大地方是啥样的。"

郭善堂没有吭声。两人默默地向村里走去。村子里似乎住了不少部队，到处都有军人在说话、走动。

"王部长工作忙吗？"郭善堂问。

"怎么不忙？白天黑夜开会，连轴转。今天为了和你谈话，叫我准备了酒菜，大概是要为你这个大地方回来的人接风呢！"刘寿山说。

郭善堂没有再答理他。

夜间，王芳在自己住的地方，和郭善堂一边喝酒，一边小声交谈着。他对郭善堂的工作表示满意，认为在泰安找到了落脚的地点，领到了"良民证"，此行就达到了预期的目的。他说："下一步的任务更艰巨。你要想办法谋到职业，站稳脚跟，而后设法打入敌人内部，最好是敌人的特务机关，长期隐蔽下来，取得他们的信任，这是最最重要的。小郭，你要同魔鬼打交道，自己就得装扮成魔鬼，学会在生活中演戏，而且天天演，月月演，不许卸装，这可不是一件容易的事啊！"

"我知道，时时刻刻都有危险。"郭善堂说。

"这危险，不仅来自敌人方面，甚至可能来自咱们的自己人。"王芳说，"你想想，要是你装得不像，露了马脚，马上会引起敌人怀疑；你装扮得很象，必定会引起群众误会，轻则在背后骂你，甚至会对你采取敌对行动。"

"我是猪八戒照镜子——里外不是人啊！"郭善堂笑道。

"可不是嘛！不过，党组织知道你，信任你，你一定要以极大的毅力克服困难，克服一切想象不到的困难，坚持下去，坚持到战争胜利！"

"是！我一定尽自己的能力去做。"

"你回来遇见谁了？"王芳又问。

"遇见刘寿山，还见着日本人金野了。"郭善堂答。

"你别告诉他们你上哪儿干什么去了。小刘也只知道你去了外地，别的啥也不了解。这事要严格保密，知道的人越少越好。即使你的父母、妻子，也不要告诉他们你干啥去了。"王芳嘱咐说。"你休息几天以后，就回泰安去。以后你不要回咱们这边来了，有事情要联系，就到东都镇找我哥王春凤，我也可以去那里会你。"

郭善堂在李家楼子住了三天。第三天晚上，他又脱去八路军的军服，换上长袍大褂，悄然离开村庄，消失在洒满了冷清月光的冬天的田野里。

第四章　浅石洋行

回到泰安以后，郭善堂仍然住在灵芝街侯希仉家，不过已正式改名叫林洪洲了，所以在这里我们的主人公就成为林洪洲了。侯希仉的母亲有一次笑着说："原来的名字叫惯了，一下子还难改口哩！"

林洪洲也笑道："别说是你，就是我自己也觉得奇怪，我怎么突然姓林了？"

"你改了姓名，家里父母也不知道林洪洲就是你，得不到你的消息，都要为你牵肠挂肚哩。"大娘感慨地说。

"我也管不了许多了。"说，"大娘，你叫不惯林洪洲，就叫我大侄子吧！"

"那敢情好。"大娘答应道。

林洪洲知道，侯希仉的家庭生活并不富裕，多他一个人吃饭，日子过得紧巴巴的。他寻思，在谋到正式职业之前，最好能找点事干，一来可以赚些钱补贴生活所需，二来能够更多地接触社会，熟悉这个他比较陌生的城市。他选择了到马路上擦皮鞋。谁知和侯希仉一说，却遭到他的反对，说："我怎么能让你去干这个？"

"干这个怎么啦？"林洪洲反驳说，"靠劳动挣钱混饭吃，不丢人！更重要的，我要熟悉这座城市，熟悉这座城市里穿皮鞋的人，这可是个最合适的工作了。"

"我总觉得对不住兄弟！"侯希仉说。

"这是我自己要干的，和你没有关系，你放心，我不会埋怨你的。"林洪洲安慰说。

从此以后，他就天天背个小木箱，走街串巷给行人擦皮鞋。一天干下来，能挣回两个大饼，剩下的钱给大娘买点油，打斤醋，或者买点猪下水杂碎等熟食，改善一下生活，大家也都很开心。

这些日子，侯希仉一直在积极活动，让林洪洲在泰安浅石洋行当个职员。何玉倜是浅石洋行莱芜分行的经理，也在老板浅石面前替他说了话。终于有一天，林洪洲从街上擦皮鞋回来，侯希仉对他说："洪洲，明天把你的鞋箱扔掉，跟我去上班！"

"怎么，浅石同意了？"林洪洲又惊又喜。

"同意了，叫你明天去见他。"

第二天清早，林洪洲和侯希仉吃过早饭，便一起穿过车来人往的闹市，朝浅石洋行走去。

浅石洋行是日本陆军退伍军曹浅石开办的一家商行，主要业务是收购中国农村的铜、铁、皮革，以及花生、棉花等农副产品，收购这些物资用以支持日军侵略战争的意图是十分明显的，可是它表面上却打着"繁荣经济，共荣共昌"的旗帜。浅石洋行在莱芜、大汶口等地都设有分行，在附近农村的集镇上还设有货站。洋行的中国员工，每逢村镇赶集，便纷纷前往，有的专收废铜烂铁，有的专收牛羊皮革，有的专收油料作物、五谷杂粮……收购以后，暂时囤积在货栈，而后集中到洋行仓库，再转运到大城市甚至日本的本土，加工制造成各种军用物资，最后运送到前线去。

林洪洲来到浅石的经理办公室，浅石从办公桌后站起身，客气地招呼他坐下。这是个小个子日本人，三十岁左右，戴副金丝边眼镜，留了两撮漆黑的小胡子，分头梳得平整而光滑，穿一身整洁的藏青色西服，看上去是个精明、能干的人。他的中国话讲得可以使人怀疑他是不是日本人，所以不用翻译，便和林洪洲自由自在地交谈起来。他问林洪洲的家在哪里，家里有些什么人，本人多大年纪，上过几年学，来这里以前干过什么事……林洪洲都一一作了回答。突然，浅石目光炯炯地盯着他，问："你为什么要到日本洋行里来做事？"

"挣钱，挣了钱养家糊口。"林洪洲很干脆地答道。

"你为什么不到别处去挣钱？"浅石又问。

"这里挣的钱多，比我给人擦皮鞋挣的钱多得多。"林洪洲仍然话不离"钱"字。

"那你为什么不去找共产党，不去参加八路军？"浅石的眼睛从镜片后面射出逼人的光，似乎要一下子把林洪洲的心思看清看透。

"共产党穷得要命，当八路军要吃苦，皇军还经常去扫荡，那里有什么钱挣？我才不到那里去呢！"

"你认为共产党好吗？"

"共产党不好。"

"日本人好吗，皇军好吗？"

"日本人好，皇军好。"

"不，你没有说实话。"浅石摇着脑袋说，"共产党不好，皇军也不好；共产党杀人放火不好，皇军扫荡时烧了老百姓的房子也不好。咱们不要去管他们，咱们只管做生意，做生意对大家都有好处，老百姓把东西卖给咱们，便有了钱，可以改善自己的生活，你说对吗？"

"对，对，浅石先生说得很对。"林洪洲连声附和。

浅石高兴了，站起身走到林洪洲的面前，拍拍他的肩膀说："你是个好青年！将来我带你去参加青年会好不好？"

"什么叫青年会？"林洪洲装作一无所知的样子，问道。

"青年会就是青年人活动的地方，大家到那里玩，喝茶，跳舞，听音乐，交朋友……有许多许多的活动。"浅石解释道。

"我文化低，啥也不会，啥也不懂。"林洪洲装得胆怯地说。

"去了几次，慢慢就会懂的。青年人要多参加各种活动，多结交各方面的朋友，才能做好洋行的工作。"

"嗨!"林洪洲说了这个似乎刚学会的日语词,逗得浅石满意地笑了。

从此,林洪洲成了浅石洋行的一名职员。分配给他的业务是负责收购民间的铜钱、铜元等废旧钱币。他知道,经他的手收购的这些长满了铜绿、敲起来叮当响、抛起来满地滚的铜币,到了日本人那里,就会变成杀我同胞、毁我家园的枪炮子弹,但是,为了取得浅石的信任,为了今后更重要的使命,他又不得不违心地去做这件事,并表现得非常积极。在附近村镇的集市上,经常可以看到他的身影,听到他声嘶力竭的吆喝,叫喊大家快来卖掉这些破铜烂铁,失去的只是毫无用处的废物,得到的却是处处用得着的钞票,真是有百利而无一弊,何乐而不为呢?由于他早出晚归,积极活动,收购的钱币成倍增长,一麻袋一麻袋地扛进了洋行的货栈。浅石对这个新来的年轻人也另眼相看,并不止一次地在全体员工会上表扬了他。

有一天,浅石把林洪洲叫到他的经理办公室,称赞他工作积极肯干,做出了出色成绩,应该受到奖赏。接着,便从柜子里取出一包火柴、两盒香烟和一小袋面粉,送到他的面前。这些都是当时不容易买到的短缺物资,所以林洪洲连忙站起身,鞠了一躬,说:"浅石先生,谢谢您!谢谢您!"

"不用客气,你只要好好干,努力为洋行办事,我是不会亏待你的。"浅石微笑道。

"一定好好干,努力为洋行办事。"

　　林洪洲正准备退出，浅石却示意他坐下，并用一种闲谈聊天的口气问道："林先生，你最近出去收购东西，有没有听到什么新闻？"

　　林洪洲马上警觉起来，估计浅石可能要谈些业务以外的话题，便故意装作不明白他的意思，反问道："浅石先生指哪方面的新闻呢？"

　　"什么新闻都行。我成天坐在洋行里，接触的人很少，外面什么情况都不知道，象聋子瞎子一样。你随便谈淡吧，比如八路军的活动情况，你有没有听说？"

　　"没有没有，八路军的情况我一点都不知道。"林洪洲装得象个胆小怕事的农民。

　　"你别害怕，慢慢了解，了解到八路军的情况，回来跟我说，没有关系的。你要知道，八路军破坏日本洋行的业务，我们应该掌握他们的活动情况。今后你如果了解到八路军的重要情况，洋行会给你加薪水，奖赏你。"浅石耐心地开导他。

　　"八路军的活动有倒是有，他们在楼德搞宣传。"林洪洲不想错过这次谈话的机会，冷不丁地抛出一个诱饵。

　　"你看见了吗？"饥不择食的浅石果然上钩。

　　"我没有看见。上次我去楼德赶集，见到那里墙上贴了一张八路军印的《大众日报》，好多老百姓围着看。"

　　"报纸上讲些什么？"

　　"我没有看，我也不敢看。"

"看看有什么关系？你呀，胆子太小了。"浅石有些失望，但马上又说："以后再见到了，你可以去看，最好把报纸揭下带回来，我也要看的。"

"贴在墙上的，怎么揭得下来？"

"你动动脑子嘛，喷上水，把报纸弄湿，不就好揭了吗？"

"好，我要是再见到了，一定揭回来给你看。"

这次谈话后不久，一天下午，林洪洲兴冲冲地推开浅石办公室的门，交给他一张皱巴巴的旧《大众日报》，说是从集镇的墙上揭下来的。浅石如获至宝，睁大了惊喜的眼睛，翘起大拇指，夸奖说："有办法，有办法，林先生是我们洋行最能干的职员。"马上从柜里取出两盒香烟，作为对林洪洲的报偿。其实，这张旧报纸根本没有张贴过，是王芳根据林洪洲的要求，派人从根据地送来的。

时间过得很快，三个多月过去了，林洪洲又给浅石送过两次旧报纸，每次都有两盒香烟的奖赏，但不见有别的动静，他心中不免暗暗有些着急。

一天，林洪洲刚从乡下收购物资回来，浅石突然把他叫去，开始谈了一些生意上的事情，后来说："林先生，你到洋行来干事，很卖力气，能够吃苦，肯动脑子，我打算提拔重用你。今天我要到济南去，你同我一起去，我带你和山田先生见见面，好不好？"

林洪洲有些不敢相信自己的耳朵，山田是日本军山东部队的参谋长，少将军衔，难道浅石真要带自己去见他？便佯装不知地问："山田先生是谁？"

"山田你都不知道？他是济南皇军的参谋长。"浅石说。

"这么大的官儿，我可不敢去见他，吓都把我吓死了。"林洪洲把自己装成一个可怜巴巴的乡巴佬。

"哈哈，林先生，你的胆子太小了，胆小的人办不成大事。山田先生有什么可怕的？我和你一起去，山田是我的亲戚，也是我的好朋友。"浅石笑着解释道。

"我去见他有啥事？"林洪洲试探地问。

"山田先生很愿意同中国人交朋友，特别是青年人，他叫我引荐几个忠诚老实可靠的中国青年，我看你是最合适的。你不要害怕，跟山田先生交朋友，对你大有好处。"

当晚，他俩乘火车去了济南。

果然，由于浅石的引荐，林洪洲到济南的第二天，就见到了山田少将。

日军山东部队参谋部宅大院深，警卫森严，日军官佐步履匆匆，表情呆板，到处都呈现出高级军事机关所特有的肃穆气氛。

在一位副官的引导下，浅石和林洪洲来到山田少将的办公室。

山田从一张高背藤椅里站起身，点着头向他们表示欢迎，并用手势让他们在靠墙的两张椅子上坐下。

山田有四十来岁，光脑袋，圆胖脸，粗眉大眼，腮帮子刮得铁青，一身将军服紧裹在身上，少将军衔闪闪发光，脚上的高筒皮靴擦得锃亮，在地毯上走来走去，也是那样沉重有力。他先和浅石用日语交谈了一阵，而后审视着林洪洲，询问他的姓名、年龄、籍贯等情况，那口气不象是私人谈话，倒象是盘查、审问什么可疑的人。

浅石充当了他们之间的翻译。

浅石对林洪洲说："山田参谋长说你很年轻，看样子也挺能干，只是文化水平低了一些。"

"是呀，我只念了几年书，就歇在家帮助父亲种田了。"林洪洲回答道。

"山田参谋长说，今后你要多学习，提高自己的文化水平，才能更好她为皇军服务。"

"谢谢山田参谋长，我一定努力学习，提高自己。"

"山田参谋长问你，能不能了解到八路军在哪里活动，他们是些什么部队，领导人的姓名，他们打算干些什么……了解了这些情况以后，及时向山东部队参谋部报告。"

"这些情况我可了解不到。"林洪洲说。

"你不要说了解不到，可以说慢慢地了解。"浅石纠正他说。"山田先生还说，你最好能到共产党根据地找几个朋友，让他们帮助你了解情况。"

"找几个朋友？可以，我尽量去找。"

浅石满意地点点头，小声对林洪洲说："对，就这样回答。"

谈到这里，山田少将突然站起身，走到门外向人吩咐些什么。他回来以后，又用日语和浅石交谈了一阵，浅石没有全部翻译，只是对林洪洲说："山田参谋长说，他很喜欢你，希望你好好干！"

"嗨！"林洪洲答应道。

不大一会，一个日本兵抱了一只纸箱进来，放在地毯上。浅石把纸箱盖打开，见里装了些衬衣、牙膏、牙刷、刮胡刀、钢笔和香烟等日用品，满满装了一箱。山田用手指指纸箱里的东西，又指指林洪洲，说了几句话。浅石翻译说："山田参谋长刚才说，这些东西是给你的，让你用这些东西到八路军的根据地去交朋友。"

"感谢山田参谋长！"林洪洲说。

浅石重新盖上纸箱盖，林洪洲见上面写了一行汉字，是："大日本军山东部队参谋部山田参谋长"。其余的都是日文，不知何意，便问："浅石先生，纸箱上面写些啥？"

浅石念了一遍，说："上面写的是：今派特高人员林洪洲前往各地了解情况，希望大日本皇军予以关照，对所携带的物资免予检查，如要检查，应事先报告山东部队参谋部批准。写了这些，是为你的活动提供方便的。"

林洪洲听后，便站起身来，向山田少将深鞠一躬，说：

"谢谢山田参谋长，我一定尽力为大日本皇军效劳！"

山田点点头，用生硬的中国话说："好的，好的！"

从山田参谋长的办公室出来，浅石和林洪洲都很高兴。浅石高兴是由于他推荐的人得到了山田的赏识，成了日军山东部队参谋部的特工人员；林洪洲高兴是他如此顺利地打入敌人的高级特务机关，今后一定可以有一番作为。他们两人坐上南下的火车后，林洪洲决定不在泰安下车，直接去东都，向王芳汇报情况，并请示下一步的行动。他对浅石说："我要带了这箱东西到新泰去，想办法在八路军的根据地为皇军寻找朋友。"

浅石美滋滋地点着脑袋说："好的，你去吧，祝你好运！"

林洪洲坐火车直到禹村站才下车。出站以后，直奔上次他和韩日生两人住了一宿的车站附近的小旅店。旅店的王老板客气地和他打招呼，说："您来啦？刚下车吧！先歇歇，喝口水。"

"王掌柜，好久不见，生意好吗？"林洪洲把纸箱放在地上说。

"托林先生的福，还行。你还是要到新泰去？"王老板问。

"对。到新泰有车吗？"

"这一阵子没有去新泰的汽车。"王老板突然凑近小声说："你难道不知道？两三天前，八路的游击队在路上袭击了一辆军车，打死两个日本兵，从此到新泰的汽车又断了。"

林洪洲正为没有汽车去新泰发愁，王老板却问："你怎么还带个纸箱?"这句话提醒了他:何不利用这纸箱去找找禹村的日军,也可以检验一下这纸箱盖上写的究竟有没有效用。

他一边说是朋友托他捎的东西,一边就提了纸箱离开旅店,朝日军的据点走去。

禹村据点住了日军一个中队,部队长名叫伊藤,是个上尉。林洪洲向他说明来意,他非常客气,关切地问:"林先生,你现在住在什么地方?"

林洪洲说住在车站附近的小旅店。

"那不好,大大的不好,住在那里不安全的。"伊藤说。

"没有关系,旅店老板是我的朋友。"林洪洲说。

"那也不好。山田参谋长的东西决不可以放在那种地方,放在我这里比较保险。"

林洪洲心想:果然如此,这纸箱成了比他本人还重要的神物,简单的几行字产生了奇效。他便说:"伊藤先生,我要到新泰去,没有汽车走不了,你能帮帮我的忙吗?"

伊藤说:"我一定为林先生效劳,有了去新泰的汽车我会马上通知你的。"

林洪洲在禹村的车站小旅店住了两天,伊藤上尉派人来告诉他,明天有两辆军车去新泰,他可以搭乘。

翌日早晨,他来到了日军据点,登上了一辆军用卡车,出发了。车头上架了好几挺乌黑锃亮的歪把子机枪,车厢里全都是全副武装的日本兵,满耳是哇哩哇啦的异国语言,中国人只有林洪洲和翻译两个人，他们交谈了几句，终于没有什么话可说，林洪洲便闭着眼睛养神。汽车过楼德不远，行驶至一座小山附近，山上树林中突然响起枪声，车上的鬼子如临大敌，全都卧倒，机关枪泼水似的扫射，汽车却加速往前开进。林洪洲对鬼子的紧张劲儿固然感到好笑，但又觉得游击队在山上放几下冷枪意思也不大。如果在公路上埋几颗地雷，汽车开过时爆炸，杀伤力就大了。不过，那时候车上的自己呢？也要和侵略者一起报销，岂不冤哉！想到这里，他禁不住笑了。

日军的卡车路过东都时，林洪洲下了车。这次他没有去春风酒店，而是按照王芳的指示，住进了八路军的另一个地下联络点——安庆园饭庄。

安庆园饭庄的经理叫王裕山，林洪洲同他接上关系后，说明来意，王裕山说："你在店里歇着，我马上去告诉春风大哥。"

夜已经很深了，林洪洲已经迷迷糊糊睡着，王裕山突然进来把他叫醒，说："快起来，五爷来了。"

林洪洲知道，五爷就是王芳，东都镇上的乡亲大都这样尊称他的。离镇不远的张家庄煤矿上虽然驻扎了日军一个小队，镇上设有伪警察所，还办了"防共指挥团"，队员日夜巡逻放哨，但是，这都挡不住王芳想什么时候就什么时候回到东都镇来。他来时，若遇上巡逻的"防共指挥团"队员，熟悉他的都主动打招呼："五爷您回来啦！"不热悉的也不敢说半个"不"字，因为他们都知道"五爷"是不好惹的，谁要死心塌地当汉奸，决不会有好下场。这天夜间，王芳只带了一个警卫员小张，悄悄回到东都，来到安庆园饭庄。等林洪洲穿衣服下床，他已经走进了房间。

林洪洲把自己的情况作了汇报，王芳听了十分高兴，说："看来，打入敌人内部并不像原先想象那样困难。敌人缺少心甘情愿为它效力的中国人，它又急需这样的中国人，这就是我们能够打进他们内部的条件。你今后要投其所好，假装忠诚，长期隐蔽潜伏下来。"

王芳顺手翻翻纸箱里的那些东西，笑道："日本鬼子既鬼又蠢。说他鬼吧，他知道咱们根据地物资缺乏，生活艰苦，便想用经济手段收买人，用小恩小惠引诱人。其实他很蠢，他也不想一想，根据地谁穿这样的衬衣？谁抽前门牌、哈德门牌的香烟？谁用这种大号金星钢笔？……如果有这样的人，很快就会被根据地的群众揪出来，查清这些东西的来历，不是汉奸就是特务。"

"王部长，山田要我给他在根据地找朋友，我怎么回答他呢？"林洪洲问。

"你就说给他找到了，不然怎么能取得他的信任呢？"王芳思索着说："不过，要考虑一下，什么时候找，给他找一个什么样的对象他才相信，才比较合适。"

"你的意见呢？"林洪洲见王芳站起身在室内踱步，知道他已考虑成熟，成竹在胸了。

"我看你回去可以这样说：朋友正在找，不一定马上能找到，得慢慢来。等过了一两个月，你再告诉他，朋友已经找到。这个人原是国民党军队的一个军需官，因贪污公款逃到八路军这一边，现在参加了沂蒙专署的"三三制"政权。你说他收到山田的礼物以后非常高兴，表示愿意为皇军效劳。但是你不要马上为他提供任何情报，情报等下一步再说。总之，一步一步来，不急不忙，吊吊山田的胃口，让他吃是吃不着，放又放不下，欲罢不能。"

"好，王部长，这是你的钓鱼政策。"林洪洲笑道。

"山田这条大鱼，是他自己主动上钩的，你要好好地钓着他。"王芳说。

他们又研究了今后开展工作和互相联系的一些事，不觉已到半夜。王芳困倦得打个哈欠，从纸箱里取出一包香烟，笑道："你看，我给你出了这些点子，你也该奖我一包大前门抽抽吧！"

"那还用说？纸箱里的东西，都是咱们的战利品。王部长，抽吧！"林洪洲笑着回答道。

于是，两人对坐着，喷云吐雾起来。

第五章　身兼数职

人们经常说："一路通，路路通，一通百通。"比如是一座房子，当你不得其门而入的时候，只能徘徊于屋外，近窥远看，望房兴叹，徒唤奈何；然而，一旦破门而进，登堂入室，房子的每一个房间全都门户洞开，你就可以在里面任意来去，自由走动，一切限制与障碍似乎都不再存在不再起作用了。

林洪洲现在就是这样。当他经过浅石推荐，成了日军山东部队山田参谋长的一名特工人员以后，济南的其他日本特务机关，似乎一天之内全都向他敞开了大门。

最先找他的是济南的日本宪兵队。宪兵队的山本队长——就是本书开始就提到的陪同冈村宁次大将逛泰山的山本中校，是个办事果敢而又刚愎自用的家伙，他虽然军阶不高，但身居宪兵队长的要职，手中大权在握，所以处处要高人一等。他听说山本少将亲自接纳了一个中国特务，便想把这名特务置于宪兵队领导之下，所以派人把林洪洲找到队部，说："林先生。我的朋友浅石先生向我介绍你是个很聪明很能干的人，我希望咱们能够合作，相信济南宪兵队能够不断得到你的帮助和你所提供的情报。"

"感谢山本队长对我的器重，我一定尽力效劳！"林洪洲欣然应诺。

山本中校是个说到做到雷厉风行的人，他当即叫部属送给林洪洲一支小手枪，并颁发了正式的证书。证书上写道："大日本军特高人员林洪洲，持手枪××号，特此证明。"山本中校对他说："这证件你要好好保存，千万不能丢失，有了它，你到哪里都会通行无阻的。"

"嗨！"林洪洲双手接过证件，立正答应着。

林洪洲当了宪兵队特务以后，在济南活动更加方便了。一天，他来到铭新池澡堂，打算洗个澡，轻松一下。他刚跨进门，柜上的管帐先生便连忙站起身，招呼道："林先生您来啦！"

他点点头，从腰间掏出那支山本给他的手枪，往柜台上一搁，说："给我好好收着。"

管帐先生赶紧双手接过，说："我替你收着，你放心洗澡好了。"

"唔。"林洪洲哼了一声，便径直往澡堂的里间走去……

他洗完澡，穿上衣服，觉得浑身轻松舒坦，但有些口干舌燥，便叫来提竹篮的小贩，买了个大青萝卜，削去皮，坐在自己的铺位上津津有味地吃起来。

这时，从外面走进一个日军大尉，身后跟着个朝鲜人翻译，他们进屋后便用眼睛四处寻找空位，打算洗澡。那个朝鲜人翻译最后把眼光落在林洪洲身上，走到他的跟前，鼻子里哼了一声，意思是叫他让开，给他俩腾出两个紧挨一起的座位。

林洪洲对翻译那种颐指气使的样子早就不痛快，心里想：你花钱洗澡，我也花钱洗澡，凭什么要我让你？所以，他抬起眼睛看看对方，根本不答理。

突然，那个日军大尉跳上前来，照准林洪洲的脸颊"叭叭"就是两记耳光，骂道："八格牙路!"

林洪洲只觉得两眼发黑，直冒金星，脸上热辣辣地疼。

澡堂里的人们都吃惊地看着他们，连大气都不敢出。

林洪洲怒不可遏，真想站起身同他们拼了，但转念一想：他们是两个，自己只有孤身一个，好汉不吃眼前亏，不如先退让一步再说。他强压怒火，站起身来，恨恨地朝门口走去。

他从柜台上要过手枪插在腰间，走到门外，从口袋里掏出那张宪兵队的证件扔在地上，用脚使劲搓了几下，又捡起来放入袋中，然后，叫了一辆黄包车，直奔宪兵队。

山西中校见林洪洲急匆匆地跑来，惊诧地问："林先生，你怎么来啦？"

"山本队长，你发给我的证件是真的还是假的？"林洪洲掏出那本被踩脏的证件，送给山本看。

"证件当然是真的，哪有假的？你告诉我，究竟发生了什么事？"山本问道。

"刚才我在澡堂洗澡，一个日军大尉和翻译要检查我的证件，我给他们看了，他们说是假的，扔在地上用脚乱踩，还抽了我两记耳光，你看，我的脸都被他们打肿了。"

山本盯着林洪洲红肿的脸，半天没有说话，突然咬牙切齿地骂了一句："混蛋！他们现在在什么地方？"

"在铭新池堂。"

"他们不会走吗？"

"走不了，他们正在洗澡呢。"

"来人！"山本喊了一声，进来一个宪兵军曹和一个宪兵。

"你们两个坐摩托车去铭新池堂，把那个打林先生的混帐大尉给我抓来，林先生，你的带路！"

"嗨！"林洪洲等三人齐声答道。

摩托车风驰电掣般穿过济南熙熙攘攘的大街，停在了铭新池堂的门前。

林洪洲等三人进了大门，进奔里间，管帐先生赶紧站起身招呼，他们没有理睬。林洪洲走进去，见刚才的铺位是空着的，但一眼就看见挂在墙上的日军大尉的军装和翻译的西服，便对宪兵军曹说："他们在呢，这是他们的衣服！"

自从他们走进门来，澡堂里的气氛顿时大变。有人小声说："这不是刚才挨打的吗？看，他领了宪兵来了。""这个人姓林，宪兵队的，他神通广大！"……有些人更是伸长脖子瞪大两眼，准备看一场好戏。

宪兵军曹走到澡池门口。用日本话喊道："日本军人统统出来!"

不一会，那个大尉赤裸裸地从浴池里跑出来，长满了粗黑汗毛的光身子上往下淌着水。林洪洲指着说："就是他!"

宪兵军曹不问三七二十一，上去就是"咣咣"两记耳光，责问道："你为什么到这里来洗澡?"

大尉一丝不挂地立正站着。

宪兵军曹又是两记耳光，问："刚才你为什么打人?"

"……"大尉仍然一动不动。

这时，朝鲜人翻译也从浴池间出来了，见到这阵势，吓得不敢举步向前。林洪洲马上走上前去，学着宪兵军曹的样子狠抽了他两记耳光，喝问："你小子慢慢吞吞不出来，认得老子吗?"

"认得认得。"翻译捂着脸颊，低下脑袋说。

宪兵军曹叫大尉穿衣服跟他上宪兵队。大尉那敢说半个"不"字，乖乖地穿上军服、戴上军帽，风纪扣扣得严严实实。由于天气炎热，他又刚从热水浴池里爬出来，这么一捂，早已汗流如注，把军衣都湿透了。

他们来到宪兵队，进了山本中校的办公室。大尉赶紧立正敬礼，直立不动。山本问他："你是哪个部队的?"

他回答了自己部队的番号。

山本又问："你为什么欺侮人，无缘无故打人?"

"我错了，我不应该打人!"大尉低着头答道。

"哼！你不仅随便打人，还把宪兵队发的证件扔在地上用脚乱踩，是吗？"山本冷笑道。

"没有，我没有踩宪兵队的证件！"大尉连忙否认。

"你还不承认！被踩的证件在这里，你抵赖得了吗？混蛋！"

山本一拍桌子，两个膀粗腰圆的宪兵上去一阵拳打脚踢，打得那大尉用双手捧着脑袋，"啊呀啊呀"地直叫唤。山本的怒气还没有消，叫人把大尉拖下去，押到地下室禁闭起来。

林洪洲自始至终站在一旁，亲眼看着打自己的人挨了揍，出了胸中的闷气，心里有说不出的痛快。

山本走到他的面前，郑重地说："林先生，你不会再怀疑我们给你的证件是假的了吧！你只要为大日本军办事，什么人都不能欺侮你，你是受我们保护的。"

"谢谢您，山本队长。"林洪洲鞠了一躬，退了出来。

"澡堂事件"很快一传十、十传百地在济南的大街小巷传开了。林洪洲从此名声大振。许多人佩服他敢在日军军官这个太岁头上动土，叫这家伙哑巴吃黄莲——有苦说不出。更多的人说他能搬动日本宪兵，是个来头不小、手腕高强的人物。

林洪洲从济南回到泰安，深感一个人势单力薄，决定增加人手，建立自己的特工小组。他让侯希仉和自己一起干，王芳还同意吸收李庆亭参加作他的助手，这样他就遇事有人商量、办事有人帮助了。

一天，侯希仉带了一个人来见林洪洲，一进门说："洪洲，你看是谁来啦？"

林洪洲抬头一看，来的不是别人，是几个月前在禹村车站帮他弄汽车票的韩日生，忙站起身说："韩大哥是你呀，稀客稀客！"

"林老弟，几个月不见，你红啦！"韩日生说。

"什么红呀紫的，请坐！"林洪洲给他倒了杯茶。

"现在谁不知道济南山本队长的红人、敢打皇军军官的林洪洲哇！"韩日生笑道。

坐下以后，韩日生说了几句闲话。就一本正经地提出，要到林洪洲的手下来干事。他说他和泰安保安队的特务米崇喜有仇，米崇喜要杀害他，他躲也躲不开，避也避不掉，只希望林洪洲能将他保护起来。韩日生恳切地说："我求求你了，让我度过眼前这个难关，今后你叫我干什么我就干什么，决没有二话！"

林洪洲觉得，韩日生为人直爽热情，敢说敢做，一身好力气，会几手武艺，是今后用得着的人，便点头道："你放心，米崇喜那里我去给你说，谅他不敢胡来。"

"好！从今后我听你的调遣。"韩日生笑道。

过了两天，林洪洲找到米崇喜，说："告诉你，韩日生已经是我的人啦。从今以后你们要和睦相处，不能闹意见，谁要找事，我丑话说在前头，我对谁不客气！"

米崇喜愣了一下，说："林先生，既然韩日生投奔了你，过去的帐一笔钩销，他只要不找我的事，我决不动他半根毫毛。"

"那就好。大家都给皇军干事，有什么过不去的！"林洪洲说。

米崇喜沉吟了一会，又说："林先生，你能不能拉兄弟一把？我也想跟你干。"

林洪洲摇摇头说："不行，你这个人抽大烟，搞女人，敲榨勒索，什么乱七八糟的事都干，我不能要你。你还是在保安队干吧！"

林洪洲将同米崇喜谈话的经过告诉了韩日生，他感激万分，表示今后要上刀山下火海，他也在所不辞。后来，林洪洲把他的情况报告了王芳，经王芳同意，正式吸收他为特工小组的外围成员。

1942年以来，山东日军推行第四、第五次"治安强化运动"，采取了"三分军事，七分政治"的策略，加紧对抗日军民发动政治攻势。敌人企图借太平洋战争初期日军所取得的某些局部的胜利，来动摇中国人民的抗日信念，离间抗日军民的鱼水关系，削弱并瓦解坚决抗击日本侵略者的八路军。与此相适应，日军在济南建立了各种名为"公馆"的特务机关，专门搜集各方面的情报，进行各种形式的破坏活动。这些"公馆"是：

泺源公馆：公馆的地址在济南的泺源路，因此得名，它分工负责城市工作，在交通枢纽、重要桥梁、码头以及工矿区等地建立特务组织，搜集、了解各种情况；

梅花公馆：主管红枪会、九宫道、黄旗会等封建迷信会道门的特务工作，往这些组织派遣特务，暗中操纵，利用迷信活动来煽动群众，抵制、反对抗日运动；

鲁仁公馆：主要在伪军中进行特务活动，对伪军中的有关人员进行调查、监视，考察他们对日军的忠诚程度，以便更加牢固地控制他们；

南新公馆：专门在经济战线进行活动，掌握商业情报，了解物资流向，肆意破坏抗日根据地的经济工作。

上述四大特务机关，分工合作，相互配合，把它们浸透了毒汁的触角伸到山东省的各个角落，社会的各个阶层；它们之间又有矛盾，争权夺利，发展自己的势力，有时甚至不惜拆对方的台，挖别人的墙角。因此，当林洪洲受到山田参谋长的赏识，正式成了济南宪兵队的特工以后，这四个"公馆"的头目都先后跑来找他，发展他为本"公馆"的特务，要他为本"公馆"效力，并许以各种优惠条件，颁发正式的证件。

林洪洲和他的特工小组要同时应付这些特务机关，向他们提供各种"情报"，当然决非易事。虽然一个"情报"可以多处投送，但又不能完全一样，必须稍加变化，加以区别，这样最后汇总到日本高级特务机关，才不致被识破是出自一人之手。况且，这些特务机关也非常注意互相封锁消息，独家垄断情报。每当林洪洲给他们送"情报"，他们总要问："这情况你给别人说过没有？"林洪洲回答："没有，"他们便要嘱咐："你告诉我们就行了，千万不要再和别的部门说！"林洪洲表面上点头答应，其实他哪有那样傻，给其他特务机关的材料，可能正揣在他的怀里呢！

林洪洲向日方提供的"情报"，是真真假假，虚虚实实，最重要的是不能对根据地军民造成什么危害。有些本来要公布于众的事情，林洪洲根据王芳的指示，提前向日本人作了透露。1942 年根据地军民为了战胜日寇"扫荡"造成的困难，在党和各级政府领导下开展大生产运动，林洪洲把这一情况作为战略情报报告了山田参谋长和南新公馆，他们非常重视。过了几天，关于开展大生产运动的指示正式公布在《大众日报》上，林洪洲又把报纸送给他们，他们越发相信他所提供的情报是多么及时而准确了。

南新公馆为了破坏抗日根据地的经济，印制了大量假北海币，并指示林洪洲协助浅石洋行把一批假币投放到根据地的市场上去。这无疑给林洪洲出了一道棘手的难题：拒不执行，必会引起日方的怀疑，而且并不能阻止敌人的破坏活动；如果执行，又将给根据地的经济带来严重的危害。

林洪洲来到浅石洋行，浅石客气而热情地接待了他："林先生，最近忙吗？今后洋行的工作，希望林先生多多关照！"

"别客气，浅石先生，我是来接受任务的，南新公馆已经通知我了。"林洪洲说。

"那太好啦，太好啦！你看这事怎么进行呢？"浅石问。

"这批假币要直接运进八路军的根据地，危险性太大，只有在边缘区收购物资时花掉，八路军不会察觉的。"林洪洲说出自己的想法。

"你说得很对，很有道理。"浅石不住地点头道："我也是这样想的，你看叫莱芜分行的何玉倜去花掉，怎么样？"

浅石说出了林洪洲想说而没有说的话，马上说："浅石先生考虑得周到，莱芜靠近八路军的根据地，那里使用起来比较方便。"

他们两人当即决定，由浅石打电话通知何玉倜，交代任务，林洪洲负责把假北海币送到莱芜分行去。

从浅石洋行回来，林洪洲决定：李庆亭立即赶往东都，将这一情况向王芳报告，希望派人监视莱芜浅石洋行在市场上使用的北海币；他自己和侯希仉两人将假北海币送到何玉倜的手里。

何玉倜自从接到浅石的电话，便坐卧不安，感到不知如何办好，林洪洲和侯希仉的到来，使他喜出望外，说："你俩来太好了，帮我出出主意，这些假北海币怎么处理？"

"叫你花你就花呗！"林洪洲半开玩笑地说。

"那怎么行？我虽然不能立功，但是也不能作恶，不能给咱们根据地制造困难。"何玉佩紧皱双眉说。

"我们想了个办法，你看可行不可行？"林洪洲说。

"什么办法？快说。"

"我们派人把这个情况报告王芳部长，你到边缘区去做买卖，他派人来检查，这样，假币没收，人被扣押，对市场不会有影响，群众不会受损失，不过，何先生要暂时受些委屈。"

何玉佩想了一下，点点头说："是个办法，我同意。我个人受点委屈是小事，算不了什么。"

"你去时要把全部假币都带上。"林洪洲嘱咐道。

"那当然，那边货源充足，必须多带钱去。"何玉佩笑道。

林洪洲和侯希仉从莱芜回到泰安的第三天，他们到浅石洋行去复命。与浅石见面时，林洪洲说："浅石先生，那批钞票已经全部安全送到。"浅石却哭丧着脸说："何玉佩先生被八路军抓去了。"

"为啥抓他？"林洪洲问。

"还不是为了那批北海币！他带了人在边缘地区收购物资，八路军的工商人员说他使用的北海币是假的，一检查发现大批假币，就把他扣留了。他真笨，为什么不分几次用，要一次带那么多假币去？"

"他可能想尽快把它花完，多为洋行赚些钱吧！"林洪洲说。

"结果呢，偷鸡不成蚀把米。"浅石说。

"浅石先生，何先生不会有什么危险吧？"侯希仉假装关切地问。

"这就难说罗，如果追查起来，这么大量的假北海币，不仅是经济问题，还是个政治问题，共产党向来对政治问题的处理是非常严厉的。"浅石忧心忡忡地说。

林洪洲和侯希仉安慰了几句，便告辞出来。

第二天，侯希仉到浅石洋行去探听何玉侗的情况，浅石高兴地对他说："告诉你一个好消息，何先生回来了，安全脱险了。"问他怎么脱险的，浅石说："他是夜间趁看守的人不注意，逃出来的，八路军向他开枪，幸亏没有打中。"侯希仉又故意问那批假北海币的下落，浅石连连说："统统没有了，统统没有了。"

林洪洲他们一手导演的戏剧本该至此结束，谁知南新公馆却又来了点"余兴"。林洪洲去济南时，南新公馆的特务机关长郑重其事地表扬他们护送假北海币有功，只是浅石洋行的人配合不好，才"功亏一篑"。

听到这样的表扬，林洪洲心中暗暗好笑。

第六章　加入帮会

侯希仉跟林洪洲干上"日本特务"以后，成天忙得连家都很少回，这次为了处理假北海币的事，去了一趟莱芜，又几天没有回家。事情完结以后，林洪洲对他说："走，我陪你回家去，我也看看大娘和嫂子。"

侯希仉的母亲见他俩回家来，高兴得连忙从床上坐起身，说："大侄子来啦！大娘刚才还念叨你们呢。"

"我也是，一直想来看看您老人家，可总也没有空，今天有些时间，我对希仉说要来看看大娘和嫂子。"林洪洲走到大娘的床前说。

"谢谢你总惦记我们。"大娘说。

"你身体好些吗？"林洪洲问。

"咳嗽病总是不见好，白天咳，夜里咳，躺下去咳得更厉害，连觉也睡不稳。"

"我去给你买点药，不吃药病哪会好呢？"林洪洲站起身说。

"你别费心，老毛病了，治不好的，何必花那个冤枉钱？"大娘说。

但是，林林洪洲执意要去给大娘买药。侯希仉要自己去买，林洪洲拦住说："我去不一样吗？你多帮嫂子干些活吧！"

林洪洲出门，穿过两条马路，来到大观街的洪吉堂药店，买了两盒化痰止咳的丸药。他付完钱，从柜台上拿起药正转身要走，忽然发现旁边一个三十来岁的小个子男人，侧着脑袋，目不转睛地盯着他。林洪洲也看看他，觉得有些面熟，但一时想不起在哪儿见过面打过交道的了。

"你是哪里人？"那男人突然凑近前来，小声问道。

"我就在这里。"林洪洲含糊地答道。

"我跟你面熟你知道吗？"那男人又说。

"你是谁？我怎么不认识你？"林洪洲马上警觉起来。

"你不是小郭吗？我是刘叙吾，难道你忘啦？我们一起在……"

噢！刘叙吾，林洪洲想起来了，他原来是八路军四支队贸易局的采购员，没有想到在这里碰见。林洪洲笑着说："你是老刘？看我这眼睛，你穿了便衣没有把你认出来。你怎么在这里的？"

"你呢？"刘叙吾却反问，"你怎么到这儿来的？"

"说来话长，一言难尽。"林洪洲摇摇头，一副不愿深谈的样子。

"走！上我家去，我家离这里不远。到我家后，咱们喝着水，抽着烟，慢慢地唠。"刘叙吾说着，不容林洪洲推辞，硬拽着他往自己的家门走去。

走进刘叙吾的家，林洪洲见屋里的用具十分简陋，没有一件象样的家具，但桌椅板凳都擦拭得干干净净，特别引人注目的是，墙壁、顶蓬都用白纸糊得平整光亮，使人有一种温馨舒适的感觉。刘叙吾一边叫他坐，一边笑道："我现在是裱糊匠，这都是自己糊的。"

"嫂子不在家？"林洪洲问。

"带孩子回娘家去了。"他沏了两杯茶，端到桌上，然后坐下说："你知道我是怎样从部队上下来的吗？去年夏天，领导上叫我到青岛去办货，身上带了五根金条，主要是购买根据地急需的各种药品。也是怪我太麻痹大意，住旅店时把金条塞在枕头底下，出去上一趟厕所，回来金条不翼而飞了。怎么找也找不到，把我急得真想去跳海！你想，货没有办成，钱却没有了，回去怎么向领导交代？就是跳到黄河里也洗不清呀！我在青岛整整住了十天，思想斗争得很激烈，最后下决心不去部队，回家来了。"

"你还想回部队去吗？"林洪洲试探地问。

刘叙吾喝一口茶，摇摇头说："我不打算回去了。回去了怎么说得清呀！"

林洪洲见他已没有回部队的意思，便顺水推舟地说："那就不回去算了，现在这样不也挺好吗？"

"可是，领导上还以为我刘叙吾见利忘义，拐款潜逃呢。"

刘叙吾苦笑着说，"看来，这黑锅我要背上一辈子！"

"别管那么多，自己问心无愧就行。"林洪洲安慰道。

"我也常这样想。"

林洪洲没有等刘叙吾问，便主动向他谈了自己的"离队经过"：去年根据地精兵简政，部队上凡是身体不好的统统下来，自己当时得了个拉肚子的毛病，反复发作，治也治不好，便成了精简的对象。离队以后，不想回老家种地，就跑到泰安来投亲靠友。

"你如今做啥营生呢？"刘叙吾问。

"在一家日本人开的洋行里混饭吃。"林洪洲答。

"是不是浅石洋行？"刘叙吾问。

"唔。"林洪洲点点头。

"他们知道你干过八路吗？"

"不知道，我没有对任何人说过。"林洪洲摇摇头说，"我现在已不叫郭善堂，我改名叫林洪洲了。"

"你想得周到，做得对。"刘叙吾点点头说，"社会太复杂，不想周到点不行。你千万不要对人家说自己干过八路，特别你现在在日本洋行干事，更要小心谨慎。"

"对。我会当心的。"

"不过，你若想在泰安站住脚，我劝你最好参加一种组织"刘叙吾忽然说。

"什么组织"林洪洲警惕地问。

"青红帮。"

"青红帮?"

"对。你如果愿意参加,我可以给你引荐。"

关于青红帮,林洪洲过去当然是听说过的,知道它的成员很复杂。专管会道门等组织的日本特务机关"梅花公馆",就千方百计想打入青红帮,进而控制它,以为己用,似乎至今收效不大。林洪洲觉得,如果自己参加了,无论是结交朋友、了解情报以及掩护自己,都是有好处的。但是这事必须报告王芳,不能擅自作主。所以他略一沉思,说:"老刘,你让我考虑考虑,过几天再给你个准信儿。"

"好的。你只要想参加,给我一句话,门随时都对你敞开的。"

后来,林洪洲很快将他见到刘叙吾以及两人谈话的情况,报告了王芳。王芳指示:再深入了解一下刘叙吾的情况,他脱离革命后干了些啥,提防他是叛徒。至于青红帮组织,为了工作需要你可以参加。林洪洲便通过各种关系,对刘叙吾进行考察,知道他回家来后,靠裱糊的手艺养家糊口,并没有什么不正常的活动。于是,林洪洲便下了参加青红帮的决心。

林洪洲答复刘叙吾后,他非常高兴,当即要带林洪洲去见青红帮的把头张五爷,要林洪洲拜张五爷为师。

"张五爷是谁?"林洪洲问。

"张五爷名叫张润生,在青红帮里他排名老五,大家都称他'五爷'。"刘叙吾解释道，"他住在西关，开了家馒头府，生意做得挺红火，他雇了两个工人，养了两匹大骡子磨面，泰安的大小旅馆、饭店的馒头差不多都是他的馒头房供应的。张五爷为人热情诚恳，好广交朋友，他的老伴也是个心底善良的人。他们有两个儿子，大儿子叫张彦，在馒头房管账，小儿子还在上学，是个初中学生。张五爷是我的师父，你若拜他为师，咱俩就是同一个师父的师兄弟了。"

他们来到张五爷家。五爷有四十来岁，瘦小个子，上身穿一件对襟白洋布衣衫，下身穿一条黑洋布裤子，人显得很有精神。他们两个的到来，使他非常高兴，又是沏茶又是递烟，热情异常。

坐下寒暄几句以后，刘叙吾便说："师父，林先生也想进咱们家里来，你老把他收下吧！"

"林先生在哪里干事？"张五爷问。

"我在一家日本人的洋行里做事。"林洪洲回答。

"你也想进咱们家门？"

"是的，我想拜五爷为师。"

"那太好了，你若不嫌我这个师父没能耐，我就收你这一徒弟。"张五爷笑呵呵地说。

"今后要师父多多关照洪洲。"林洪洲谦恭地说。

"进了家门就是一家人，当然要互相照应。"张五爷又告诉刘叙吾，让他选一个吉日良辰摆香堂，为洪洲举行进家门的典礼。他说:"你通告各位师伯、师叔、师兄、师弟,叫他们那一天都到我这里来,大家在一起见见面,热闹热闹,从此洪洲就不是外人,大家都要以家里人看待。"

"师父,你请放心,这事交给我来办,到时候你就只管受礼受祝贺吧!"刘叙吾说。

拜香堂的日子选择在农历九月初三这一天。大清早,客人们就络绎不绝地来到张五爷家。他们手里都提了礼品;有的拿了酒,有的拿了鱼肉,有的拿了点心,还有的拿了镜框……进门以后,都向张五爷打拱作揖:"五爷,恭喜恭喜!恭喜你再开山门,又收高徒!"张五爷呵呵笑着,作揖还礼道:"快进屋快进屋!大家同喜,同喜!"人们进屋以后,又互相见面行礼,寒暄问候。一时笑语喧哗,热闹非凡。

根据刘叙吾"让弟兄们威风威风"的建议,林洪洲今天破例穿一身日本军服,腰间插了支六〇小手枪,手提两盒点心,满面春风地来到张五爷家。他进门一看,见屋里五六张八仙桌周围已高朋满座。周围的人见林洪洲进来,都站起身迎接。穿一身白布裤褂的张五爷容光焕发地迎上前来,林洪洲连忙说:"师父,我来晚了。"

"不晚不晚,正是时候。洪洲,我来给你介绍介绍。"

张五爷说着,把林洪洲领到各位客人面前,告诉他说:这是你的师伯,这是你师叔,这是你师兄,这是你师弟,这是你师侄……每介绍一人,双方都抱拳拱手,打躬作揖。当他们走到一花白胡子的小老头面前，张五爷说："这是你师伯吴三爷，泰安中西旅馆老板。"林洪洲忙说："三爷，今后多多关照！"吴三爷笑道："那还用说？洪洲年轻有为，前途无量，今后还要仰仗师侄哩！"他们走到一个伪军上校军官面前，张五爷说："这是你的师兄李参谋长！"那人抱拳说："兄弟李景辛。"林洪洲知道他是保安队的参谋长，便说："久仰久仰！我叫林洪洲，今后多关照！"李景辛说："自家哥们，不必客气！"……其他的人，有商人，有警察局长，有保安队员，也有普通的工匠店员……真是三教九流，五花八门，各样的人都在帮会的旗帜下聚集到一起来了。

　　下午一时左右，引进师刘叙吾宣布摆香堂仪式开始。在堂屋的地上，铺了大红地毯，当中放着一只长方形的铁香炉，点燃着线香，烟雾缭绕，香气扑鼻。香炉的前面是一张八仙桌，桌上陈列着供品。桌子和墙之间是一张长条几，墙上挂着青红帮祖师爷的画像。林洪洲抬头看去，只见祖师身穿长袍马褂，丹凤眼，花白胡子，坐在那里，显得很威严。堂屋的两边，各站着一排人，都是师伯、师叔、师兄等，均垂手而立。其他师弟、师侄等小字辈的人员，一律在堂屋外站立，未能入内。

　　师父张五爷和林洪洲两人站在堂屋中央，面对着祖师爷的画像。

　　刘叙吾首先向大家介绍新入家门的林洪洲系何方人士，年龄几何。从事何种职业，接着要求林洪洲进家以后，要遵守家规，讲究道德，团结友爱，扶贫济困，永不背叛。最后，刘叙吾高声唱道："向祖师爷磕头！"

于是，林洪洲和屋内屋外的全体人员都双膝跪下，向祖师爷的画像连磕十个头。

"向祖师奶奶磕头！"

墙上并没有祖师奶奶的画像，但是大家仍连磕十个头。

下面，轮到林洪洲单独磕头了。先是向师父磕头，向师娘磕头，接着是向师伯、师叔、师兄磕头……真是磕头如捣蒜，磕得他晕头转向。磕完以后，刘叙吾把他引到屋外与小字辈见面，一律打躬作揖，不再磕头，就省力多了。

至此礼成。拴在门外场上两株树梢的鞭炮点燃以后，噼噼啪啪震耳欲聋地响起来，把拜香堂的喜庆气氛推向了高潮。

接着，大家入席喝酒，林洪洲又按照青红帮的规矩捧起酒杯，给师父、师娘、师伯、师叔和各位师兄弟敬酒。一时杯盘作响，吆五喝六，情绪热烈。等人们酒足饭饱，陆续拱手告辞，已是下午三四点钟了。

从此，林洪洲正式被青红帮承认是他们中间的一员。

此后不久，林洪洲到济南去领工作费，"梅花公馆"的特务机关长原田见面就说："林先生，听说你已经参加了青红帮，是吗？"

"原田先生的消息真灵通啊！"林洪洲笑道。

"我们'梅花公馆'是干什么的？不是象你们中国人常说

的是什么来着？对了，吃干饭的。"原田得意地说道。

"原田先生有什么吩咐？"林洪洲问。

"你今后可以利用你的特殊身份，了解青红帮中有没有抗日分子，有没有反对皇军的活动，我想你会干得很出色。"原田说。

"我一定为你效劳。"林洪洲答道。

"如果你愿意的话，我想请你今晚到日本会馆吃饭，听音乐，品尝一下我们日本饭菜的风味，浅石先生也参加。"原田说。

"谢谢，我非常愿意。"

晚上，原田、浅石和林洪洲来到日本会馆。进门以后，便脱去鞋子，盘膝坐在塌塌米上。两个穿和服的日本姑娘不断进进出出，给他们斟茶、端菜、倒酒，室内播放着日本情调的乐曲。这一切，林洪洲都觉得陌生，浑身不自在起来，但又不得不克制自己，与对方应酬着。

原田喝了几杯酒，兴致来了，忽然问："林先生，你有太太吗？"

"没……没有。"林洪洲没有想到他会问自己生活方面的情况。

"这里的日本姑娘怎样？你看上哪一个，我给你介绍。"原田说。

"我……不想结婚。"

"哪有青年人不想结婚的？"浅石也说："林先生，你应该成家了，日本姑娘很温柔，不比你们中国姑娘差。"

林洪洲心中吃了一惊，难道他们两个今天陪自己到日本会馆吃饭，是一个圈套？日本人是不是要在自己身上下更大的赌注？但他很快镇静下来，说："我不能结婚，我有病。"

"什么病？"原田和浅石都问。

"男人的病，那东西起不来。"

"噢！你有阳痿？"原田问。

"对。我有这种病，女人谁愿意跟我？如果找了太太，自己受罪，人家也受罪，有什么意思呢？"林洪洲说。

"哈哈！你小子没出息，一定是小的时候打水泡打多了，才把那家伙搞坏了，是吗？"原田喝一口酒，放肆地说。

"林先生，没有关系，这种病能治，过些天我叫医生给你检查一下。"浅石说。

"不必不必，我害臊。"林洪洲赶紧反对。

这次谈话以后，林洪洲回去反复考虑：第一，自己没有家眷，独身一人，这在日本特务中是绝无仅有的，已经引起了日方的注意；第二，日方打算用日本女人笼络自己，是要自己死心塌地为它卖命；第三，自己虽然以身体有病作借口推辞，万一日本人真的派医生来检查咋办？想到这里，他暗暗有些着急，只得将情况如实报告王芳。

一天，林洪洲正从外面办事回来，迎面碰见侯希仉，他说："洪洲，你媳妇来了。"林洪洲吃了一惊，忙问："她怎么来啦？在哪里？"侯希仉说："在你屋里等你呢，快回去看吧！"

林洪洲赶回屋里，见妻子亓仲莲果然端端正正坐在那里。他自从 1938 年 1 月参加八路军，四年多没有和她见面了，她仍是农村妇女的穿戴，圆圆的脸，弯弯的眉，比过去更成熟了。他走过去说："你来啦？"

她慢慢站起身看着他，点点头说："俺爹俺娘叫我来看看你。"

"你们怎么知道我在这里？"林洪洲问。

"王部长派人送我来的。"

一切都清楚了。原来王芳接到林洪洲的报告以后，考虑到他的处境，便派人去他老家同他父母商量，把他妻子接出来。这几年，家里一直没有接到林洪洲的信，不知他的下落，有人说他仍在部队上，有人说他打仗牺牲了，还有人说他投降鬼子当上了汉奸……全家人忐忑不安，提心吊胆。直到不久前，部队上去了一个同志，找到的他的父亲说：你儿子还在，现在泰安城里，是组织上派他打入敌人内部的，但是对外要严格保密，不能对任何人说。这真是喜从天降，全家都很高兴，当天就把仲莲从娘家接回来，跟部队上的同志去泰安。

俗话说：久别胜新婚。何况他们是新婚三个多月分别四年半的夫妻？小俩口见了面，自有说不完的知心话。林洪洲问妻子：“家里可好？爹娘身体可好？”仲莲说：“家里生活好，爹娘身体也都硬朗，只是这两年不知你的下落，经常惦记着你。有人说你当了汉奸，我和爹妈都不相信，你不是这样的人！”林洪洲便问她：“你知道我现在是干啥的？”仲莲说：“来的时候，部队上的同志和俺说了，让咱们夫妻团聚，更重要的是为了掩护你为党做工作，要保守秘密，不能暴露真实的身份。”

“你怎样掩护我呢？”林洪洲笑着问。

“我什么也不懂，你叫我干什么就干什么。”妻子回答。

“在这里工作有危险，你怕不怕？”

“和你在一起，我不怕。”

“要是敌人发现了咱们呢？”

“我什么也不会说的，刀架在脖子上也不说。”她坚决地说。

林洪洲的媳妇来了，熟悉的人都向他表示祝贺。他到济南去时，“梅花公馆”的特务机关长原田问他：“你不是不能结婚吗？怎么又来了媳妇？”林洪洲告诉他，小时候订过婚，是自己的一个亲戚，后来一直没有联系，前几天父母突然把她送来了，没有办法，只得“结婚”吧。原田听了嘻皮笑脸道：“那好，祝贺你，你要好好干，不要亏待她，懂吗？”

林洪洲带了妻子来到侯希仉家。侯希仉的母亲拉住她的手说：“闺女，洪洲是个好人，你找着他算你有福气。你才到城里，生活上一定过不惯，住些日子就好了。今后你缺啥东西尽管到我们这里来拿，不用客气，洪洲和我们就象是一家人似的。"

林洪洲又带妻子来到张五爷家。他叫妻子叫张五爷"师父"，她叫了；叫她叫张五爷的老伴"师娘"，她笑道："'师娘'我叫不惯，就叫娘吧，娘！"

"哎！你真是我的好闺女。"师娘笑得嘴都合不拢。

张五爷也很高兴地说："洪洲，师父早就想提醒你了，应该把家眷带出来。要知道，一个人在城市里混事，容易引起人家的怀疑，起码是无家无室的人不大靠得住。你又在日本洋行里干事，日本人的猜疑心可重哩！你现在把她接了出来，我们就放心了。"

从此，亓仲莲经常到张五爷家来，帮助师娘缝衣、做鞋，洗洗涮涮，什么活都抢着干，真象在自己家里一样。师娘开口就是"他嫂子"怎样怎样，既客气又亲切，用她自己的话来说："他嫂子比俺的亲闺女亲哩！"

第七章　初试锋芒

林洪洲和他的小组在泰安活动了一段时间以后，济南的日本特务机关又把他们派到津浦铁路线上的大汶口，并且给了一个不伦不类的名称："津浦铁路先遣支队"，林洪洲为队长。

给他布置任务的是洙源公馆特务机关长武山中校。他坐在办公桌后一张宽大的皮椅里，眼睛盯着林洪洲，慢吞吞地说："林先生，我已经和山本队长说过了，从现在起，你就是我们洙源公馆驻大汶口的先遣队长，你要带人到大汶口去开展工作。"

没有等林洪洲开口说话，他从皮椅子上站起来，走到挂在墙上的山东全省地图前，用手指着说："大汶口虽是铁路上的一个镇子，但是它是一个不可忽视的地方：它南通兖州、徐州，北达泰安、济南，离共产党的根据地徂徕山只有二十多里，地位非常重要；这里出产花生、大麻，是农产品的集散地，济南、天津甚至上海来的商人很多。这样的地方，正是发挥林先生才能的理想地点，希望你到那里以后能做出大的成绩来。"

武山又回到办公桌后的皮椅里，问道："林先生，你有什么意见?"

"没有意见,我坚决照办。"林洪洲说。

"很好,我很喜欢你这样的作风。这是我们给你写的公文,到大汶口以后,你可以拿了它去见当地驻军的长官。"武山从桌上拿起一个大信封,交给了林洪洲。

几天以后,林洪洲和他的特工小组便移师大汶口。

到大汶口的第一件事,是拜会日军警备部队的队长宾野上校。

事先,林洪洲对宾野上校作了一番调查了解,知道他是个十分武断、专横的军人。他有一个人所共知的习惯性动作,就是突然从刀鞘中拔出指挥刀,凡是见到中国人,他总要先提一下刀,吓你个灵魂出窍。他驻守大汶口已有两三年时间,视大汶口为他的领地,发现汉奸、特务在他的领地内敲榨勒索,为非作歹,便被视为对他本人的不敬,有的被他抓起来砍了脑袋。所以,大汶口的商人对他颇有好感,而特务、汉奸却对他发怵,把他视为凶神恶煞,敬而远之。

这天,林洪洲来到宾野的办公室,刚坐下,他果然"刷"地抽出腰间的指挥刀,又"啪"地把刀送回刀鞘。林洪洲由于早有思想准备,所以不动声色地坐着,宾野两眼瞪着,接过他递过来的洙源公馆的公文,看了一下便问:"你是洙源公馆的特务?"

"我们是津浦铁路先遣支队,我是队长。"林洪洲说。

"那不过是个名称，实际上你们统统是涞源公馆的特务。你怕不怕我宾野队长？"

"我为什么要怕你？"林洪洲反问。

"人们说我宾野好杀人。"

"你杀的是坏人，好人你不会杀吧。我们在大汶口活动，不敲榨，不勒索，不为非作歹，忠心耿耿为皇军办事，你难道不欢迎吗？"

"欢迎欢迎！"宾野突然一阵狂笑，说："不过，你们中国人常常说的比唱的好听。"

"宾野先生，请你看今后的事实。"林洪洲气呼呼地说。

"今后看哪方面的事实？"宾野故意问。

"我们的任务是搜集情报，特别是共产党、八路军抵抗皇军、宣传反日的情报。"

"哈哈，那你们又找错了地方，大汶口没有八路，也没有共产党。我来这里已经三年，共产党、八路军早已统统被我肃清。一个也没有了。"宾野得意地说。

"宾野先生，这话你说得是否为时过早了？"林洪洲一本正经地说，"根据我的经验，凡是有中国人的地方，就可能有共产党，你相信不相信？共产党最懂得老百姓的心理，最善于迷惑老百姓，他们就隐藏在老百姓中间。我可以断言，大汶口有共产党的活动，只不过宾野先生没有发觉罢了。"

宾野吃惊地瞪大两眼。他没有想到这个年轻的中国人竟敢公开顶撞他，但又不好发作，只得站起身来，冷笑道："林先生，事情如果象你所说的那样，我祝你走好运，在大汶口能抓到共产党。"

林洪洲从日军大汶口警备部队出来，又去了日军北支派遣军甲第 1480 部队驻大汶口石原小队。1480 部队是一支以陆军为基础、以宪兵为骨干组建的特警部队，专门从事武装侦察活动，有时甚至化妆成八路军的游击队，到边缘区农村活动，制造假象，迷惑群众，诱使根据地党政军的人员上钩就范。林洪洲考虑到今后可能同这个小队打交道比较多，所以决定主动前往拜访。

接待他的是队长石原和副队长向出。石原是个陆军少校，向出是个宪兵军曹。林洪洲向他们说明来意，他们两人的态度与宾野截然不同，向他表示欢迎，并希望今后能够配合行动，共同搞好大汶口的治安秩序。林洪洲还向他们两个谈了刚才到警备部队见宾野上校，宾野认为大汶口已没有共产党的活动了。副队长向出听了耸耸肩，说："宾野是个大兵，他头脑简单，什么也不懂！"一个宪兵军曹在别人面前这样评介一位陆军上校，使林洪洲非常诧异，因此留下了非常深刻的印象。

"林先生，你的看法呢？"石原少校不愿议论宾野，便这样问。

林洪洲把对宾野说过的话，又说了一遍。

石原点头表示赞同，向出却拍着他的肩膀说："你说得太对了，林先生！"等他告辞出来时，向出通过翻译郑子良说：
"我们是好朋友，希望今后常来往。"

此外，林洪洲还去拜会了大汶口警察局长徐占魁，对他
说："希望今后多多关照！"

徐占魁不冷不热地回答："好说好说！"

对大汶口商会会长杨之辉等"社会名流"，以及曾在微山
湖当过土匪的特务孙益三等，林洪洲也都主动拜访，和他们打
个招呼，联络一下感情。

林洪洲和侯希仉、李庆亭、韩日生等到大汶口以后，住在
山西街布店老板赵祥亭的宅院内。赵祥亭是山东邹平人，开了
家"万聚东"绸布店，三间门面，大小五个伙计，在大汶口也
是数得着的店号。他在山西街的宅院无人居住，主动提出：
"林先生，你们住我的房子有多好呢。"林洪洲正求之不得，欣
然答应。住下以后，商会会长杨之辉给他们派来了炊事员，韩
日生的小舅子是个十三四岁的孩子，便在这里扫地、跑街，担
负杂役。

王芳为了加强和林洪洲的联系，决定派干部马法尊常驻大
汶口，专门负责传递信息。为此，他要林洪洲设法为马法尊谋
一公开职业作掩护。

林洪洲住地的斜对门，是西丰裕货站，经理名叫焦兆亮，
三十多岁，是个勤勤恳恳的生意人。林洪洲常到他那里去玩，
一回生二回熟，很快成了要好的朋友。林洪洲便想把马法尊安

排在西丰裕货站。他对焦兆亮说："焦经理，有件事想请你帮忙，不知道行不行？"

"啥事？你说，只要能做到的，哪有不帮忙的道理！"焦兆亮说。

"我有一个表弟，住在那边，八路军老找他的麻烦，捐他的款，他想出来，我想让他在你店里当个店员，好歹有个落脚的地方。"林洪洲说。

"林先生，别说你一个表弟，你三个表弟我也给安排了，没问题！"焦兆亮一拍胸脯说。

"那就拜托了。不过他来以后，我那里有事，不论白天黑夜找他，他都得给我办事。"林洪洲又说。

"没有问题。你表弟有事。不一定同我说，给柜上打个招呼，说林先生那里有事就行了。"

"那就太感谢了。"

几天后，马法尊——就是本书开头提到的某部军参谋长——作为林洪洲的表弟，来到大汶口，成了西丰裕货站的一名店员。

常言道：万事俱备，只欠东风。当年诸葛孔明借来浩荡东风，火烧曹军水师八十万，现在林洪洲将一切安排就绪之后，也需要借助东风来打开大汶口的局面。可是谁也没有料到，这"东风"竟是一个谁也不认识谁也不了解的"小人物"。

有一天，林洪洲到澡堂里洗澡，和一个跑堂的闲聊起来，两人原来是莱芜老乡，话就越说越近乎，越说越投机。那跑堂忽然十分神秘地说："林先生，我给你看一样东西，你看了会吓一跳！"说着，从一只柜子的底层拿出一张折叠得整整齐齐的纸交给他。

林洪洲展开一看，竟是一张油印的八路军布告，内容是要求老百姓踊跃捐款，支援人民子弟兵抗日救国。林洪洲便问："你从哪里弄来的？"

"前些天一个人来洗澡，身上带了一卷纸，我捡了一张。"

"什么样的人竟这样大胆？"

跑堂的讲了那人的模样和特征。

"他经常来洗澡吗？"

"来过几次，我在集上也遇见过他。"

林洪洲又把布告从头至尾读了一遍，见最后落款是"八路军第一军分区"，心想：只有"冀鲁豫军区第一军分区"，哪有叫"八路军第一军分区"的？越想越觉得蹊跷，便对跑堂的说："我把这东西带走，你再不要对任何人说了，叫日本人知道了要掉脑袋的！"

林洪洲回来以后，立即将一情况告诉了马法尊，要他回去向王芳汇报，询问这个在大汶口以"八路军第一军分区"名义募捐的人是不是咱们部队派出的？为什么只有他单独一人执行任务？……两天以后，马法尊回到大汶口，对林洪洲说："王部长也知道有人以'八路军第一军分区'的名义在大汶口一带进行'募捐'，实际上是敲榨勒索，为非作歹，而且已经查清此人原是冀鲁豫军区泰西军分区区中队的一名班长，因为乱搞女人被发觉而畏罪潜逃，泰西公安局韩克非局长正要收拾他，王部长指示我们如果发现这个人，可以相机行事，进行处置。"

林洪洲得到王芳的这一指示，心中大喜。说："好，就拿这个坏家伙开刀！"

第二天，林洪洲来到日军1480部队石原小队，找到副队长向出，说："向出先生，宾野队长说大汶口没有共产党活动，共产党已经被他肃清了，事实证明他的说法是没有根据的。"

"林先生，难道你发现了什么情况？"向出问道。

林洪洲把那张"八路军第一军分区"的油印布告送到向出面前。

"在什么地方发现的？"向出吃惊地问。

"就在大汶口的集市上。"

"八路军太厉害啦！"

"我们可以想办法抓住他。这个人经常混在集市的人群里，穿一件灰布长衫，中等个子，瘦长脸，留分头，最重要的他的下巴上有一颗黑痣，发现这样的人就把他抓起来，保证没有错。"

"林先生，你提供的情况非常重要。这人是你们抓，还是我们抓？"向出问。

"当然由你们抓，我们可以配合。"林洪洲说，"不过，最好不要让宾野插手。"

"你放心好了，我不会让他立功的。"向出狡黠地笑道。

几天以后的一个下午，林洪洲从济南乘火车到大汶口，刚下车出站，便迎面遇见了向出和他的翻译郑子良。向出兴高采烈地跑过来，说："林先生，老林，你回来啦！告诉你一个好消息，那个共产党逮住了。"

"逮住哪个共产党？"林洪洲吃惊地问。

"难道你忘了？就是你说的那个共产党，我们根据你提供的线索，前天在集市上把他逮住了。"

林洪洲的脑子这时才反应过来，知道那个骗子落网了，便说："那太好了。向出先生，祝贺你立了一大功！"

"林先生，你也是有功的。"向出说。

"宾野知道吗？他知道了有些什么感想？共产党就在他的眼皮底下活动，他不仅不知道，还吹嘘说他早已把共产党肃清，大汶口一个共产党也没有了哩！"林洪洲说。

"宾野知道了很恼火，几次打电话要求把人交给他来处理，我们当然不会同意。"向出说，"不过，这家伙什么都不说，我们审问了几次，他说他早就不干八路军了。"

"他承认八路军的布告是他印发的吗？"林洪洲问。

"他承认，但是他说是自己伪造的，为了想捞点钱花花。"向出说。

"这家伙狡猾狡猾的。共产党都进行过气节教育，被捕后不会轻易坦白的。"林洪洲想了一下说:"向出先生,你光给他喝凉水不行,要有耐心用软工夫,他总会屈服的。你能不能把他交给我,我来劝他投降?"

"那太好了。明天我把人给你送去,由你来审问。"向出很痛快地答应了。

第二天,向出果然派了两个士兵将犯人押送来。由于在1480部队受过重刑,他衣衫褴褛,遍体伤痕,神情呆滞,一瘸一拐地走到林洪洲的面前。

林洪洲叫他在椅子上坐下。然后问道:"小伙子,你干八路军有多长时间了?"

"我早就不干八路军了。"

"你干过八路军吗?"

"干过。"

"多长时间?"

"一年零三个月。"

"干什么工作?"

"区中队的班长。"

"你怎么到大汶口来的?警察局有你认识的人吗?"

"……"

"老实说!"

"警察局有个黄警长,我认识他。"

"你怎么认识他的?"

"我初来的时候，黄警长查问过我，还打了我两记耳光，我塞给他一些钞票，他就放我进来了。"

"你想死还是想活？"

"我当然想活。"

"想活你就老实交代！"

"是……"

犯人被带下去以后，林洪洲马上要通了大汶口警察局长徐占魁的电话。

徐占魁是一条地头蛇。他在宾野面前唯唯诺诺，卑躬屈膝，叫他跪倒不敢站起；但是对老百姓却骄横跋扈，作威作福；即使对林洪洲这样初来乍到的同僚，也是不放在眼里，好打几句官腔。所以林洪洲早就想给他点颜色看看，让他知道自己决非等闲之辈。

林洪洲在电话中说："徐局长，能不能劳驾到我这里来一趟？"

"林先生有什么事？我现在没有空。"徐占魁说。

"事也不算是什么大事，只是涉及到你警察局的人，日本人正在查哩。"

"到底是什么事？"徐占魁急了。

"电话上不好谈，到你那儿谈也不大方便，可惜……你又没有空，怎么办？1480部队催着我报情况哩！"

徐占魁听林洪洲话里有话，而且这事与自已有着利害关系，赶紧改口说："林先生，请你稍等一下，我马上就来。"

徐占魁很快赶来了。

林洪洲请他坐下以后，关切地说："徐局长，咱们都是自己人。我到大汶口的时间不长，你帮了我不少忙；今后咱们还要在一起合作共事，各方面都要仰仗徐局长。所以你那里的事，就和我自己的事一样，我得先给你打个招呼，通通气，如果不吭不哈就捅给日本人，那就显得兄弟不够朋友了。"

"出了什么事？林先生。"徐占魁简直忍耐不住，着急地问。

"你们警察局有人暗中勾结共产党。"

"谁？"

"你那里有个大胖子姓黄的警长吗？"

"是他？不可能吧！"徐占魁将信将疑。

林洪洲叫把犯人押上来，让他当着徐占魁的面，把几次买通黄警长混进大汶口的经过说了一遍，当然闭口不提挨黄警长两记耳光的事。然后，林洪洲又嘱咐说："这事在这里说了就行了，日本人面前你不要乱说，知道吗？"

"知道了。"

等犯人押下去以后，林洪洲看看气得目瞪口呆的徐占魁，说："徐局长，你说这事应该怎么办？"

"林先生，无论如何你要帮帮兄弟的忙，大事化小，小事化了，不要对日本人说。这一次你高抬贵手，兄弟我就过去了，日后决不会忘记你对我的好处。"徐占魁知道事关重大，连忙说好话。

"是啊！我想这也不是小事情，是涉及通匪的大事，日本人知道了可不是闹着玩的。如果把黄警长牵扯进去，日本人不问三七二十一来一顿毒打，黄警长吃不消就乱咬别的人，那不就麻烦了？"

"那兄弟的饭碗就要砸啦。林先生，这回你无论如何要帮忙！"

"刚才你已经看见我对他怎样吩咐的了吧！我叫你来商量，就是不要把事情闹大。"林洪洲说，"为朋友两肋插刀，有多大的风险咱也冒了，我决不报告日本人，你就放心好了。"

徐占魁感激异常，千恩万谢地告辞而去。

送走了警察局长，林洪洲就考虑如何应付1480部队。他找到副队长向出，说这家伙果然刁顽，不愿意交代问题，但是对其进行软硬兼施之后，已交代了一些情况。

"他交代了什么情况？"向出问。

"他说他到大汶口来，一方面是募捐钱财，购买他们根据地缺乏的物资；另一方面是侦察情况，了解驻军兵力部署，伺机打入内部，做保安队、警察的策反工作。"

"他同什么人取得联系？"向出又问。

"由于咱们破获及时，他还没有来得及物色到合适的对象。"林洪洲说。"他还交代，大汶口赶集的时候，经常有他们的人来采购东西，他愿意为皇军指示目标，逮捕共产党。"

"那太好啦！叫他好好为皇军效力，将功赎罪！"向出高兴地说。

大汶口逢五赶集，每到初五、初十、十五……各乡农民都人背车载，带了粮食、土产、农具等到集市上进行贸易交换。街上熙熙攘攘，摩肩接踵，人声嘈杂，比平日要热闹得多。这时，经常可以看见一个瘦长脸、小分头、下巴上有一颗黑痣的青年，鬼鬼祟祟地在人群中钻来钻去，他的身后跟着一个三十来岁的汉子，他就是向出的特务孙益三。他们象猎犬似的追逐着猎物，然而一连几个集，都一无所获，不得不空手而归。原来王芳接到林洪洲的报告以后，早已向大汶口附近的部队和党政机关作了通报，当然不会有人来"自投罗网"了。

这家伙找不到替身，日本人怎能放过他？宾野几次提出要把他杀掉，向出没有同意。也是他命不该绝，有一天，他们又在集市寻找"目标"，转悠了大半天，仍没有发现他要寻找的对象。他觉得如果再空手回去，日本人面前无法交代，自己可能会有生命危险……于是他决心逃跑，趁孙益三稍不留神，突然钻进人群，逃之夭夭了。孙益三寻他不见，赶紧回来报告，日军立即实行戒严，严密封锁道口，盘查过往行人，结果连影子也没有找到。

第八章 攻防有术

有的人说：林洪洲帮助日本人好不容易抓到一个共产党，又在孙益三的手里给丢了。孙益三听了这话心里不是滋味，不仅觉得脸面无光，而且认为自己问心有愧。于是，他加倍努力，到处活动，千方百计了解八路军的情况，积极怂恿向出带部队到乡下去扫荡，以求将功补过。

有一天，林洪洲从向出的翻译郑子良那里得到消息，孙益三已经侦察到共产党泰安县委的驻地，将要领 1480 部队大汶口小队前去偷袭。林洪洲马上派马法尊回去送信。但是第二天一早孙益三就领了鬼子队伍出发了。泰安县委仓促应战，损失惨重，公安局的高局长在作战中英勇牺牲。傍晚，孙益三领了鬼子的队伍得胜归来，歪戴着帽子，大敞着衣襟，飘着大红绸子的盒子枪斜插在腰间，那趾高气扬的劲儿简直要令人作呕。

林洪洲和侯希仉、李庆亭、韩日生等研究，必须设法将孙益三挤走，他在向出的身边，是一大祸害，而且对自身开展工作极为不利。然而，怎样使这个深得向出信任的特务离开大汶口呢？大家一致认为，只有从向出的翻译郑子良身上打主意。

郑子良和孙益三可以说是向出的左臂右膀，向出通过他们两人及时了解大汶口的各种情况。这两个人自恃有日本人作后台，在社会上横行霸道，为非作歹，无所不用其极。同时，两人又在主子面前邀功争宠，互相攻击，矛盾越来越深。

郑子良是东北奉天人，娶了个天津唱评剧的演员作妻子，名叫郭灵芝。她现在不唱戏了，打扮得妖妖艳艳，成天无所事事，便迷信上了一贯道。一到夜晚，一贯道的道徒们都聚集在经堂内念经拜佛，据说有时还熄灯灭火，男女道徒互相抚摸，摸到一定程度才谓之心诚。这一天，林洪洲对韩日生说："老韩，你去把一贯道的场子砸了。"

"怎么砸？"韩日生问。

"你就说是孙益三说的，你们这里混进了共产党，搞非法活动，男女关系乱七八糟，有伤风化，而后乱打一气，最好能打到郑子良的老婆郭灵芝。"林洪洲具体交代说。

韩日生心领神会，找了个名叫邹丙全的哥儿们一起去了。

他们来到一贯道的经堂外，见里面灯火暗淡，烟雾弥漫，钟磬齐鸣，人影晃动，便举脚踹开大门。韩日生照准悬挂的神灯开了一枪，枪响灯灭，经堂陷入一片黑暗，人们顿时发出惊恐的叫声。邹丙全大声说："都不准动，你们中间有共产党，赶快投降！"

"谁叫你们来的？"郭灵芝突然大声问道。

"你他妈的叫唤什么？你们这里的情况孙益三早报告向出队长了。"邹丙金边说边挤过去，在黑暗里照准郭灵芝抽了两记耳光。

郭灵芝哪里经得住这，"哇"的哭出声来，大叫："打人了！打人了！"道徒们惊恐万状，顿时秩序大乱，有的慌忙挤出大门，逃离这是非之地。

趁着一片混乱之际，韩日生和邹丙全悄然离去……

第二天，郑子良跑来找林洪洲，气愤地说："老林，昨天晚上我太太被人打了。据说是孙益三派人干的。我操他的祖宗，他欺侮到老子头上来了。"

林洪洲则故作惊诧地说："有这样的事？老孙不会这样干吧！"

"他会干的。"郑子良说："他早就在外面扬言，说：'郑子良小子老实点，不老实的话，小心我姓孙的枪子儿不认人！'他这次是蓄意挑衅，要把事情闹大。他妈的，我郑子良不是好欺侮的！"

林洪洲告诉郑子良，孙益三的话他也听说过，但怕影响他俩的关系，所以一直没有告诉他。同时又嘱咐郑子良确实要提防着点，孙益三过去在微山湖当土匪时，是个杀人不眨眼的魔王，自恃打得一手好枪法，又有日本人作后台，谁敢惹他？所以你还是忍一忍，躲着他点。

"我偏要摸他的老虎屁股。"郑子良激动地说，"不过他拿了一支盒子枪，我还真弄不过他呢，你能不能帮帮我的忙？"

"我怎么给你帮忙？"林洪洲问。

"先把他的枪下了。"

"你得先同向出说，问向出同意不同意？你为什么要下他的枪，总得说上几条理由。"林洪洲建议道。

"好的，我去和向出说。"郑子良点点头说。

过了不久，林洪洲有事去见向出。谈完了事情，向出突然问："林先生，孙益三这个人怎么样？你要对我说实话。"

林洪洲知道郑子良已经和向出说过了，自己这时应该火上浇点油，便说："向出先生，你要我说老实话，我只能告诉你：孙益三这个人不好。他在大汶口敲榨勒索，横行霸道，老百姓恨透了他，对他敢怒而不敢言。他和郑翻译也有矛盾，扬言他姓孙的枪子儿不认人，要崩掉郑子良。这个人当过土匪，反复无常，翻脸不认人，心黑手毒，向出先生你自己也要提防着他点。"

向出听了，只是点头，没有说什么。

郑子良事后告诉林洪洲，宾野最近曾经对向出说，孙益三在外面干坏事，要向出对他加强管教。向出听了郑子良、林洪洲的反映，所以对孙益三的态度完全变了。郑子良认为这是对孙益三下手的最好时机，应赶快行动，莫让他溜了。

一天晚上，林洪洲把孙益三请到住处，说："老孙，咱们玩麻将吧！"孙益三笑笑："你恐怕不是我的对手。"侯希仪、韩日生赶紧搬桌子，铺台布，一场"方城之战"便开始了。麻将打了不到一圈，郑子良突然跑来，孙益三并不在意，仍然专心致志地看着他面前的牌。郑子良站在他身后看了一会，说："他妈的，我女人不知叫哪个家伙打了!"

"连自己老婆都保护不了的人真是窝囊废!"孙益三半真半假地说。

"你说谁?"郑子良马上拉下脸来。

"我说你哩。"孙益三仍嘻皮笑脸地说。

郑子良立即掏出手枪，顶着孙益三的后腰，说："孙益三，不准动!"

"你要干吗?"孙益三愣住了。

"别动! 你的枪在哪里?"郑子良严厉地问。

"有话好说，有话好说。"林洪洲赶紧相劝，说道："你们在我这里不准动武! 尽管你们的枪子儿不认人，我还是要认人的。老郑，你有什么话可以慢慢谈，大家都是多年交情的朋友嘛，何必这样呢? 老孙，你把枪给我，老郑的枪也给我，有什么解不开的疙瘩呢?"

韩日生听林洪洲这样一说，赶紧从孙益三的腰间把他的枪抽出来，又把郑子良的枪也下了。

郑子良仍然怒气未消："你小子安的什么心，一天到晚算计我老婆!"

孙益三冷笑一声，反唇相讥："你老婆是什么天仙玉女，我要一天到晚算计她? 不就是个戏子吗?"

"戏子怎么啦，总比土匪婆强!"

"郑子良，我告诉你，今后有你就没有我，有我就没有你，咱们之间没有完！"

两人你来我往，越说火气越大，几乎又要动起手来。林洪洲便说："算了算了，今天不要说了，有什么话以后再讲，今晚都请回去，枪就放在我这儿。老郑，你先走一步吧！"

郑子良瞪了孙益三一眼，转身走了。

孙益三坐在那里，气呼呼地直喘粗气。林洪洲见时机成熟，便劝说道："老孙，你和郑子良势不两立有什么好处？你斗得了他？他跟向出当翻译已有好几年，成天形影不离，他们说话别人谁也听不懂，你能整得了他吗？他要整你却容易得很。我要是你，三十六计走为上计，早就走了。到哪里不是混饭吃，何必在这里受气！"

"老林，我走是可以走，可是这口气我咽不下。就是把我姓孙的脑袋砸扁了，也不能受郑子良这小子的气呀！"孙益三说。

"你走你的，光棍不吃眼前亏！"林洪洲说。"在这儿的时间越长，我看对你越不利，有什么事情以后再说，来日方长，后会有期嘛。"

孙益三没有再说什么，突然提出："你把枪给我！"

"枪暂时不能给，要给的话，等郑子良来了一起给！存放在我这儿，我替你们保管。你放心好了。"林洪洲回答。

孙益三叹了一口气，无可奈何地起身走了。

孙益三并不甘心，他又到向出面前告状，说郑翻译欺侮他，谁知向出不仅不同情他，还把他训斥了一顿，说他欺压老百姓，勒索钱财，做了许多坏事……孙益三这时知道大势已去，大汶口已没有他的立足之地，才下了离开的决心。

临走前，他来向林洪洲告别，说："老林，我要走了，再也不到大汶口这个鬼地方来了，你该把枪还给我了吧!"

林洪洲说："向出说的，枪不能还给你，我也作不了主。我看你还是快走吧! 走为上策，越快越好，要知道夜长梦多，时间长了对你不利!"

林洪洲的"忠告"起了作用。第二天，孙益三就带了老婆离开大汶口，到兖州给保安队当特务去了。

孙益三走了，他欠下根据地军民的累累血债，没有偿还就走了。林洪洲万万没有想到，当根据地军民无法向孙益三算账的时候，就把复仇的怒火向他喷来。因为在人们的心目中，他们都是为日本侵略者效力的特务分子，都是一丘之貉。林洪洲绞尽脑汁使用计谋挤走逼走赶走了孙益三，竟然要代这个坏蛋受过!

韩日生的家在离大汶口三十多里的南留村，那里是边缘区，经常有八路军的游击队在那里活动。韩日生到林洪洲手下干事以后，仍然经常回家去。林洪洲对他说："老韩，把你老婆孩子接出来吧，你一个人回去，出了事咋办?"

"出啥事?"韩日生说，"我日生一不偷，二不抢，碍着谁啦？你们放心，村上的人都了解我，没有事儿。"

一次，韩日生回到南留村，恰好泰西区公安局长韩格非带了一些人住在那里。韩日生刚进家，韩格非和两个人就来找他，说："老韩，你回来啦！"

"对，回来看看。"韩日生答道。

"你现在在大汶口干啥？人们说你跟着林洪洲干哩，是不是？"韩格非问。

"怎么啦？也不过是混碗饭吃。"韩日生毫不在乎地说。

"哪儿不能混饭吃，非得跟着他干？我告诉你，林洪洲是个大特务，你跟他干不会有好果子吃！"韩格非想了一下，又说："你能不能把林洪洲叫出来，叫到你家来，我们同他谈谈，争取教育他回心转意，别给日本人卖命。"

"他不会来的。我回家来他都怕出事，不让我回，他自己更不会来。"韩日生摇摇头说。

"叫到别处也行，只要离开大汶口就行。"韩格非说。

"我试试吧！"韩日生说。

"我们先教育他，争取他。要是教育不了，争取不了，你就敲死他！"韩格非态度坚决地说。

韩日生回到大汶口以后，几次想找林洪洲谈，总觉得说不出口。林洪洲也看出他有什么心事，便主动问他："老韩，回去怎么样，家里人都好吗？"

"家里很好。"韩日生说，"这次回去，遇见泰西区公安局的韩格非局长了。"

"他们同你说些啥？"

"他们要我把你叫出去，他们要和你谈谈，争取你为国效忠。"

"怎么个效忠法？"林洪洲笑道。

"我也闹不清楚，反正是不为日本人办事情。"韩日生又问："你能不能去见见他们？"

"我不能去。如果去了，让日本人知道了不要杀我的头？"林洪洲坚决地拒绝了。

韩日生犹豫了一阵，忽然又说："他们说，不行的话，叫我敲死你。"

"老韩，你能干吗？"林洪洲笑着问。

"我怎么能干这种事？"韩日生赶紧辩白说，"咱们哥儿俩是什么关系？我韩日生最困难的时候，是你林洪洲帮助了我，我若再反过来算计你，能算是人吗？就是把我毙了，我也不干这种缺德的事！"

"你这话我相信，不然你也不会把人家对你说的话都告诉我。"林洪洲说。

"韩格非还送我一支手枪呢。"

说着，韩日生从裤袋里掏出一支小手枪搁在桌上。小手枪擦拭得锃亮，闪着蓝幽幽的光。林洪洲把它拿在手里，拉开枪栓，见膛里有一粒亮晶晶的子弹。林洪洲心想，这就是自己阵营里的革命同志，准备用来对付自己的子弹，如果被他们打死，那是何等冤枉何等遗憾啊！他摆弄了一阵，仍把小手枪放在桌上，继续问道："他们还说我什么来？"

"他们几个人在议论，说你可能当过土匪。"韩日生说。

"当过土匪？我没有当过土匪呀！"林洪洲感到奇怪。

"他们还说你开过拖……拖拉机。"韩日生回忆道。

"我什么时候开过拖拉机？真是怪事！"

"我想你也不象会开拖拉机、会开汽车的人呀！"

这时，林洪洲忽然想起了根据地进行过的"肃托"斗争，便问："他们是不是说我是托洛斯基？是'托匪'？"

"对对对，说你是托洛斯基，是托匪。我记不大准了。"韩日生笑道。

林洪洲从桌上拿起小手枪，说："你看我象托匪吗？我要真是托匪，我就拿了这支手枪去报告日本人，说共产党的公安局长送给你老韩的，日本人不砍你的脑袋才怪呢。我不能这么做嘛。老韩，你跟我在一起的时间也不算短了，我林洪洲是啥人你还不清楚？咱们都是中国人，决不做对不起中国人的事。咱们不能象郑子良、孙益三，要有中国人的良心。"

韩日生听了林洪洲的话，连连点头称是。

但是，泰西区公安局长韩格非并没有就此罢休，他仍在作争取、教育林洪洲的努力。

一天上午，向出带了翻译郑子良来到林洪洲的住处，正在商谈事情，突然，一个头戴大草帽、身穿白土布褂子的农民模样的陌生人闯了进来，他一进门就冲着林洪洲点头哈腰，说："林先生！"

"什么事？"林洪洲问。

"给！"他递给林洪洲一封信，憨厚地笑着。

"什么东西？"林洪洲接过捏在手里。

"我也不知道，人家叫我送的，你自己看吧！"来人撩起衣襟擦去额头上的汗。

"那好，你走吧！"林洪洲将信塞进衣袋。

"我回去怎么和韩局长说？这样吧，我在同仁药店等你回话好不好？"来人又说。

"好好好，你走吧，我这儿有事呢！"林洪洲不耐烦地说。

那人又朝屋里所有的人点头哈腰一番，转身走了。

"什么人？干什么的？"一直在旁边看着的向出问道。

"向出先生，没有什么事，乡下来送情报的。"林洪洲掩饰说。

把向出送走以后，林洪洲赶紧把衣袋内的信掏出来看，他不看犹可，看了大吃一惊，只见信上写道：

林先生、韩先生：

请你们今晚天黑以后到沈村接头，你们来时有人在村口迎候。

韩格非

林洪洲手里捧着这封短信，象捧了一颗炸弹，心想：如果这封信刚才落到向出手里，自己必死无疑。韩格非呀韩格非，你到底是要争取我还是要把我推向深渊？你这样堂而皇之当着日本人的面送来这样的信，安的什么心啊！

这是一个谜，是林洪洲多年猜不透解不开的谜。直到全国解放以后，他才得到答案。那时他和韩格非同在山东军区工作，两人在一次会议上见面了。他问韩格非："老韩，你那次派了一个老百姓到大汶口来送信是什么意思？你是要送我的命？"韩格非笑着点点头说："是有这个意思。让日本鬼子抓住把柄，说明你同共产党有来往。那次鬼子没有发觉，算你命大！"

林洪洲虽然命大，却不能保证他的特工组每个成员都是命大的人。几个月之后，李庆亭——就是本书开始时提到的在登泰山时同侯希仉一起捉弄日酋冈村宁次的李庆亭，就不幸牺牲于自己同志的枪口下。

那一次，他跟随日军到莱芜地区活动，发现鬼子携带大批假北海币，企图在边缘地区使用，以破坏根据地经济。李庆亭来不及回来报告，决定只身进入根据地向党政机关通报情况。他找个借口，离开日军队伍，出了莱芜城，向根据地走去，谁知在途中遭到鲁中泰山专区的公安队伏击，当场中弹牺牲。公安队欢庆胜利，以为为民除了一害，可是他们那知道打死的是自己的革命同志！

鉴于这种血的教训，为了保护潜伏敌人内部的人员，军区领导根据王芳的建议，正式下发通知规定：对重要的汉奸特务，今后不要随便捕杀，如需要处置的，应上报军区批准。通知发下去以后，许多人感到不可理解：这不是公开保护汉奸特务？他们怎能理解王芳的既不便解释又必须这样规定的苦衷啊！

第九章　借刀除奸

有一次马法尊从根据地回到大汶口，带来一个爆炸性的消息：王芳的警卫员刘寿山，大家都叫他小刘的那个小伙子，因乱搞男女关系被检举揭发，开了两次批判会他就开小差逃跑了，很可能已经叛变投敌。

"这小子果然靠不住！"林洪洲气愤地叫道。

往事象一个个电影镜头似的在眼前闪过：他是大土匪刘黑七的干儿子，被俘当了八路军以后还吹他和刘黑七的七个老婆睡过觉；林洪洲跟日本人金野学习日语，他却说"可以给鬼子当翻译官"；林洪洲第一次从泰安回根据地向王芳汇报情况，他站在村口迎接，一眼就看上林洪洲身上的细布大褂，羡慕他从"大地方"回来……想到这些，觉得刘寿山动摇叛变有他的历史根源和思想根源，是不奇怪的。但是，如果这家伙真的投降了敌人，对自己将会构成多么严重的威胁啊！

"他会跑到哪里去呢？"林洪洲像是问自己。又像是问马法尊。

"不知道。"马法尊摇摇头说。"只知道他走时到了东都王部长的家里，对王部长的妻子说：'嫂子，王部长快要回家来了，他叫我先来弄点钱，现在他连抽烟的钱都没有。'王部长妻子给他钱后，他说要上街转转，出去以后就没有再见到他的人影。"

"这家伙鬼得很！"林洪洲说，"他不会在东都停留，肯定要往城里跑。我记得他是宁阳葛石店人，葛石店离大汶口不远，说不定他现在就在我们身边的一个什么地方哩。"

"王部长说，小刘虽然知道我们的一些情况，但是知道得并不多。他只知道你到沦陷区去了，在哪个地方干什么，他并不清楚。不过，他是一个祸害，如果发现他投降了敌人，要坚决把他除掉！"马法尊传达了王芳的指示。

然而，人海茫茫，人潮滚滚，哪里去寻找他呢？这简直是大海里捞针，何况这根丁点儿的细针，还不知掉在哪一片波涛汹涌的大海里呢。

这确实是个棘手的难题。

"现在，刘寿山成了我们身边的一颗定时炸弹，说不定它会在什么时候什么场合突然爆炸，使我们措手不及陷于被动甚至于失败。从今天起，我们要随时随地提高警惕，决不能掉以轻心，特别是老马，你和他同在王部长身边工作，互相非常熟悉，更不能麻痹大意！如果意外相遇，一定要沉着应付，稳住他，探听出他的真实情况，再想办法来对付他。"林洪洲嘱咐说。

此后不久，有一天，济南洙源分馆的特务、日本人高桥带了翻译来到大汶口，找见林洪洲，说："最近在潍县附近出现一部电台，不知道是国民党的还是共产党的，武山先生叫我们去侦察一下，最好想办法把电台弄出来。"

"什么时候去？"林洪洲问。

"当然越快越好。今天下午先到泰安，看看那里的情况再说。"高桥说。

他们在泰安下火车时，太阳已经西沉，三个人出了站，感到口干舌燥，便走进一家离车站不远的茶馆，坐下来，各泡一壶茶，慢慢喝起来。这时，一个保安队的军官，穿一身整洁的军服，戴着上校军衔，腰间挎着洋刀，站在门口张望，想进又不想进的样子，大概是发现里面有日本人在喝茶的缘故吧！所以林洪洲也没有在意，正低头喝茶，突然有人从背后将他一把抱住，并说："你好哇小郭！"

林洪洲被吓了一跳，赶紧问："你是谁啊？"

"我是小刘，你听不出来？"刘寿山的声音。

真是冤家路窄，竟在这里不期而遇！

真是踏破铁鞋无觅处，得来全不费功夫！

林洪洲说不清自己是紧张，是惊愕，是兴奋，还是害怕，但他马上镇静下来，说："小刘你这家伙，别瞎闹！"这是说给高桥和翻译听的，表示自己遇见了熟人。然后他站起身来，把刘寿山引到一旁，装作什么也不知情地问："你怎么来啦？那门口的军官是谁？"

"他是我表哥，泰安保安队的。"刘寿山马上又问："和你一起喝茶的是什么人？"

"日本人，是洋行里的，我现在在徐州一家日本洋行里做事。"林洪洲回答。

"你到泰安来干什么？"

"做买卖呗，办点货。"林洪洲立即反问："你怎么到这儿的？"

"我……想弄点枪给……王部长送去。"刘寿山含糊地回答，脸上掠过一丝慌乱的神色。

"哎呀！你出来有些日子了吧。你难道不知道吗？不久前日本人出动了好几个师团，扫荡鲁中军区的根据地，军区机关全都完了，王芳是死是活不知道，你还想给他弄枪？弄了枪往哪儿送呀！"林洪洲说。

"你说的都是真的？那幸亏我不在王芳的身边，要不……"

"要不你也得完！"林洪洲接着他的话说。"反正我是不干了，就是王芳亲自来找我，我也不给他干了。你呢？"

"我也早不想干了。"刘寿山吐露了真情。

"咱们的话不能多了，多了日本人会怀疑的。"林洪洲打算结束这次意外相遇。

"你住在哪里？"刘寿山却抓住不放。

"不知道哩。我们刚下火车，日本人想住哪里就住哪里，一切由他决定。这样吧，明天上午咱们到澡堂见面好不好，那时再好好聊聊。"林洪洲说。

"哪个澡堂?"刘寿山问。

"广胜泉。你明天上午去,找姓王的王先生,跑堂的就会喊:'王先生来了没有?外面有人找。'如果我在,便出来寻你;万一不得空,我去不了,那就以后再说。"

刘寿山还要说什么,但是林洪洲做了个手势,叫他明天再说,便急急忙忙回到日本人那里去。他见刘寿山朝他点点头,走到门口,和那个保安队的上校军官说了几句话一起走了。

第二天,林洪洲上午并没有去广胜泉澡堂,而是下午才去的。他和澡堂的人都很熟悉,问上午是否有人来找王先生?跑堂的说:是来过两个人,都穿便衣,喊了几声不见人,就走了。林洪洲判断其中一个是刘寿山,不知另一个是谁。他还考虑,既然刘寿山住在泰安保安队,今后仍有遇见的可能,到那时要进一步探听他的真实情况。

果然,林洪洲很快又在泰安大观街遇见了他。

那天下午,林洪洲正夹在行人中间,沿着大街由西往东走,突然发现刘寿山迎面走来,同他走在一起的有保安队的上校等三四个人,一路说说笑笑,嘻嘻哈哈,旁若无人。林洪洲躲避已经来不及,便装作提鞋,弯下腰去,转身低头,让他们擦身而过。他直起身子,望着他们的背影,心想:他们究竟到哪里去?林洪洲索性不往前走,返身往西,远远地跟在他们身后。这伙人一直朝前走,出了西门,来到西关,最后全都进了泰安中西旅馆。

中西旅馆的老板吴三爷是泰安青红帮的头目之一，论辈份是林洪洲的师伯，那次在张五爷家拜师时就认识他，以后又多次见面，原是熟人，所以林洪洲进去便叫了一声："三爷！"

"唉！是洪洲啊，你来啦！"吴三爷非常高兴，把林洪洲请到屋里。

"刚才来的那个上校是谁？"林洪洲端起茶杯，边喝边问。

"那不是保安大队的李大队长吗！"吴三爷说。

"那几个呢？"

"都是他们一伙的。有个姓刘的是新来的，说是李大队长的表弟。"

"他们来干什么？"

"能有啥事？抽大烟，叫条子。"吴三爷想了一下又说："对了，今天他们还真有点事，姓刘的没有家眷，看上了一个婊子，打算给她赎身和她结婚哩！"

林洪洲坐了一会，站起身说："三爷，我还有事，下次再来看您！"便离开了中西旅馆。

回到大汶口，林洪洲把他的小组成员叫到一起，讲了自己在泰安两次遇见刘寿山的情况，并判断他已叛变投敌，如果他向那个保安队上校讲了林洪洲的情况，将会带来说不清的麻烦。好在刘寿山只知道郭善堂不知道林洪洲这个名字，也弄不清林洪洲在什么地方什么部门做事，所以眼前还不会出什么事。

过了几天，高桥再次从济南来到大汶口，同林洪洲商量如何侦察秘密电台的事。走时，林洪洲送他上火车。林洪洲把他送进车厢，安顿好座位，才握手告别，跳下车来。刚走到出站口附近，猛一抬头，见刘寿山提了只小皮箱，急急忙忙向站里走来。要不要同他打招呼？林洪洲正犹豫着，刘寿山已经看见了他，飞快跑过来说："哎呀！又碰到你了，小郭！"

林洪洲为了不让高桥看见，便把刘寿山拉到一边，问道："你怎么来啦？"

刘寿山没有回答，只是追问："小郭，你现在到底在干啥？"

林洪洲笑笑说："小刘，我给你说实话吧。那次在泰安茶馆里遇见你，咱们是麻杆打狼两头害怕，我怕你你也怕我。我猜想那个保安队上校可能是八路军侦察人员化妆的，你们是奉了王芳的命令来对我搞暗杀，所以我当时心里有点紧张。现在我已经清楚，原来你小子也洗手不干，和我一个毬样了。既然如此。咱们今后就联合起来，共同对付王芳，最好能把他逮住，如果真逮住了王芳，老弟，就够咱们一辈子吃喝的了。"

"小郭，你和我想到一块儿了。"刘寿山高兴地说。"不过，有时又觉得王芳对咱们还算不错，逮他良心上有点说不过去。"

"这时候还讲啥良心！告诉你，你不杀他他就宰你，咱们和他是敌对关系了。"林洪洲说。

"对！这就叫：量小非君子，无毒不丈夫！咱们一言为定。"刘寿山的眼睛里射出了两道凶狠的光，使林洪洲不禁再一次想起他曾经当过刘黑七的干儿子。

"你回泰安去？快开车了，你上车吧！"林洪洲催促说。

刘寿山急匆匆朝停在站上的火车走去。

林洪洲远远的看着，见他上车以后，走进高桥坐的那节车厢，又走过去和高桥旁边的一个特务打招呼，两人似乎很熟，那特务帮他放好皮箱，就拉他坐下，说得很热乎。林洪洲吃了一惊，心想如果刘寿山向特务或高桥透露一点关于自己的底细，那不是一切都完了？恰在这时，大汶口同仁药店经理高健堂手里拿了车票，要进站上车，林洪洲马上把他叫住，指着列车说："你看，车厢里有一个日本人，戴顶大礼帽，看见了吗？他旁边有两个中国人，正在说话。你上车以后，就坐在他们的附近，注意他们谈些什么？现在有人在背后搞我的鬼，我不得不提防。"

"好好好，我知道了。"高健堂急于上车，连声答应。

"你今天夜间就赶回来，我去找你，一定要回来！"林洪洲嘱咐说。

"一定回来！"高健堂边说边朝列车奔去。

当天半夜，高健堂乘火车从泰安返回，林洪洲坐在店里等他。

"他们在火车上说些啥?"林洪洲迫不及待地问。

"没有说什么正经事,尽说些吃喝嫖赌的事,什么逛窑子、抽大烟、打麻将,两人谈了一路,几乎没有说别的。"高健堂说。

"那个日本人呢?"

"日本人没有说话,车一开就呼呼大睡,快到泰安他才醒。"

林洪洲这时心上的一块石头才落了地。

可是,过了几天,林洪洲正在自己家里,刘寿山突然找上门来,说: "可把你找到了,原来你住在这里!这位是大嫂吧?"

"对,这是你嫂子。"林洪洲叫妻子亓仲莲给客人泡茶。

刘寿山突然闯来,林洪洲吃惊不小,但他很快使自己镇静下来,一边倒茶、递烟,一边笑着问:"你怎么找到的?"

"开始我不知道,后来有人告诉我,你就是林洪洲,日本大特务,大汶口有头有脸的人都知道你。"刘寿山抽了口烟,十分羡慕地说:"你现在混得不错嘛,嫂子也在身边,小日子过得多美!"

"小刘,不是我吹,从济南到泰安、大汶口,人们都知道我林洪洲。咱也想开了,人生在世还不是图个舒服、痛快,在哪里干事不都一样?在八路那边,成天他妈的吃窝窝头,连小米饭都吃不上;皇军扫荡时东躲西藏,说不定那一天会被敲死，那有啥意思？瞧我现在日子过得多自在！你想不想干？想干就跟着我，我保证有你吃的有你喝的也有你花的。"

"小郭，不——林队长，咱们不是早就说好一起干的吗！"刘寿山说，"告诉你，我了解到一个重要情况，可以在日本人面前立一大功。"

"什么情况？"林洪洲问。

"宁阳有八路军的贸易局，专门从泰安、大汶口这些地方采购物资，运到他们的根据地去。"刘寿山说。

"好哇，这是个重要情况，你知道他们具体活动地点吗？"林洪洲问。

"知道。他们住在大汶口西边的马庄，一般是头天晚上九十点钟来，第二天一早走，人不多，只三四个人，我们夜里去，准能抓活的。"刘寿山信心十足地说。

"今天晚上就去怎样？我派几个人，由你带路，好不好？"

"好。"刘寿山点点头。

晚上，林洪洲布置侯希仉、李庆亭和韩日生三人，每人带一支短枪，一把匕首，假装跟刘寿山到马庄去抓八路军，准备在半路上把他捅死，除了这个凶恶的叛徒。

夜深人静，他们四个人出发了。走出大汶口西门，不远便是铁路，钻过铁路桥洞，便是路西的庄稼地，到那里便可按计划行事。可是，还没有走到桥洞附近，刘寿山突然鬼使神差地变卦了，说："我不想去了。"

"你怎么不去了呢?"侯希仉急了。

"我心里老嘀咕,不踏实,我不去了。要去咱们明天去。"刘寿山站在雪亮的路灯底下,硬是不肯走。

"你怕死?打八路不用你打,我们打,你只要指指路就行。你怕什么呀!"李庆亭想用激将法来激他去。

"我不是怕,我就是今天不想去。"刘寿山说。

韩日生怒眼圆睁,几次要从腰间拔出匕首来,都被侯希仉制止了。因为这里灯光太亮,离西门的岗哨又近,勉强下手,很难不被发觉。所以,在那里僵持了好久,最后还是回来了。

林洪洲让刘寿山去休息后,立即召集侯希仉、李庆亭、韩日生研究:为什么原来说得好好的,他临时又变卦?我们有什么破绽被他发现,因而引起他的怀疑?侯希仉说:"我看他今天不愿意去,不是对咱们有什么怀疑,而是不信任咱们,还有点害怕。四个人去的。三个人带了枪,唯独他空着手,他怕真要有点什么情况,咱们丢下他不管,他怎么办?"林洪洲听侯希仉这样一说,感到有道理,连忙检讨自己疏忽大意,并说:"明天晚上去,干脆给他一支枪,把子弹里的火药倒空了,这样保险。"可是第二天刘寿山说有事要回泰安去,只得暂时作罢。

刘寿山再次来到大汶口,说情况有了变化,八路军贸易局的人已经一连好几天没有去马庄,等他们再来以后,他一定领弟兄们去搜捕。林洪洲假装埋怨说:"那天叫你们去,你临时改变主意，结果错失了良机，只有以后再说吧！”

"是啊，这事怪我。"刘寿山抓耳挠腮地说。"不过，我现在有件事想请你帮忙，你能答应我吗？"

"什么事？帮什么忙？你痛快点嘛，吞吞吐吐干什么！只要我能够办得到的，我当然帮你的忙。"林洪洲爽快地说。

"我想结婚。"

"你想结婚？那太好啦，我祝贺你！你准备在哪儿办喜事，在泰安还是在大汶口？"

"我打算在泰安办。我表哥在那里，熟人多，好办事。"

"你结婚还缺什么？"林洪洲问。

"什么也不缺，就是缺钱。"刘寿山说。

"你这是废话。有了钱什么东西买不来？没有新娘子都可以买一个来。"林洪洲笑着说。"你打算怎么弄到钱啊？"

"所以我来请你帮忙。"刘寿山说，"我表哥对我说，你在大汶口叫得响，最好借你的名义给大汶口各商号发红帖，让他们送贺礼，这样可以集到一笔钱。"

林洪洲暗地好笑：刚干上特务，就先刮地皮，今天算你撞到我的枪口上了。他便对刘寿山说："好吧，你去印红帖子，写上大汶口的各家商号，然后交给商会的杨会长，请他给你发出去。你就这样对杨之辉会长说，你是宾野队长的特务，是林洪洲的表弟，我多多拜托他了。"

"好，我马上去印帖子。"

说完，刘寿山兴冲冲地走了。

几天以后，大汶口商会会长杨之辉来到林洪洲家，见面就说："林先生，你有个姓刘的表弟要结婚，发了好多帖子要各商号送贺礼，这事你知道吗？"

"我哪有什么表弟要结婚，根本没有的事。"林洪洲一口否认。

"这就奇怪了，他还说是宾野队长的特务哩。"杨之辉说。

"我不知道宾野队长有这样的特务。"林洪洲摇头说，"你还不知道？宾野痛恨特务在他管辖的地区内敲榨勒索，他抓到了是要砍脑袋的。他怎么允许自己的特务在大汶口发帖子乱收钱呢？"

"是呀，我也觉得不大对头，所以先来问问你。"杨之辉说。

"杨会长，我林某人的为人你应该清楚，我向来反对搜刮老百姓的钱财。即使我真有表弟要结婚，也决不允许他打着我的旗号到处搜刮呀！那些帖子发出去没有？"

"没有，都扣在我手里呢。"

"你做得对，别往下发，马上去报告宾野队长，看他怎么说。"

"好，我这就去。你看吧，宾野知道了准要拔他的战刀，暴跳如雷。"

林洪洲刚把商会会长杨之辉送走，刘寿山就急急忙忙地走来，林洪洲装作什么事也没有发生，不动声色地和他打招呼，说："小刘，你来啦！帖子都发出去了吗？"

谁知不问犹可，一问刘寿山紧锁双眉，着急地说："谁知道杨会长有没有发下去，反正到今天没有一家送礼的，都不买账，他妈的！"

"不会吧，只要发了帖子，他们怎敢不送？你怎么给杨之辉说的？你对他太客气太软弱了，看来得来点硬的！"林洪洲说。

"怎么来硬的？"刘寿山问。

林洪洲拉开抽屉，取出一支小手枪，往桌上一放，说："你把它拿去。里面有五发子弹，足够用了。你带着它，去问杨之辉，帖子发了没有？别的话就不用说，那老家伙的脑子灵着哩。"

"好，这世道，有枪就有一切，有枪就是草头王！"刘寿山一把抓过小手枪，在手里掂了掂，冷笑一声，站起身便走了。

他这次走出去，便再也没有回得来。

商会会长杨之辉离开林洪洲家，便来到宾野队长的办公室。他掏出一大把刘寿山的红帖给宾野看，宾野不知是什么意思，问："什么人结婚，请喝喜酒？"

"宾野队长，这发帖子请喝喜酒是假，要大家送钱送东西是真，还说他是你的特务，大家看你宾野队长的情面，也得给他送礼呀！"

"八格牙路！"宾野一声咆哮，说："哪里来的坏蛋，敢破坏我宾野的名誉。你们不要给他送礼。他若是再来，向我报告，我要见见这个家伙！"

正说着，大汶口商会的职员跑来找杨之辉，说上次送红帖来的刘寿山带了手枪，在办公室等他哩。宾野一听，火冒三丈，吼道："快去！把他给我抓来！"当即两个日本兵跟着杨会长去了商会。刘寿山正气势汹汹坐在那里，手枪放在面前桌上。但是当他发现杨之辉身后还跟了两个日本兵，就吓得软成一滩泥，很快被押到了日军警备队队部。

几天以后，林洪洲到警备队去办事，宾野一见面就洋洋得意地说："林先生，有个特务叫刘寿山你认识他吗？大大的坏蛋，我把他杀啦杀啦的了。"

"听说他到处敲榨勒索，搜刮钱财，你杀得对，杀得好！"林洪洲回答说。

第十章 粉碎扫荡

　　严冬虽已过去，但是连日来阴雨连绵，春寒料峭，1944 年的春天似乎迟迟不愿降临齐鲁大地。

　　这一天，林洪洲从大汶口赶到济南，他是接到日军山东部队参谋部的通知以后赶来的。他事先并不知道叫他来干什么，不过既然是参谋部通知他来，一定有重要事情。他怀着几分好奇又几分紧张的心情，在一名参谋人员的引导下，走进了参谋部一间宽大的办公室。

　　他坐了不大一会，参谋部的中校情报课长走进来，朝他点点头说："林先生，你终于来啦，我们已经等你多时了。"

　　"我一接到通知就赶来了，今天早晨下的火车。"林洪洲站起身说。

　　"你辛苦了。"中校坐下后说，"我们要交给你一个任务……"

　　"什么任务？"林洪洲问。

　　"侦察八路军情况的任务。"中校说着站起身，走到墙边拉开军用地图的帷幕，指着蒙阴、新泰一带说："你来看，鲁中这一片地区，北到蒙阴城，南到蒙山山口，八路军的活动比较猖獗，对张家庄煤矿、孙村煤矿构成了严重的威胁。根据我们了解，这里的部队归八路军泰宁军分区指挥，泰宁军分区机关就可能住在李家楼子一带。中国有句俗话：'擒贼先擒王。'我们要想办法打掉这个泰宁军分区机关！"

"课长先生，我的具体任务是什么？"林洪洲问。

"你的任务是：尽快弄清泰宁军分区机关的确实位置，了解他们的兵力部署，以及最近的活动情况，然后向参谋部报告。"中校课长回到座位上说。

"我们怎么去了解呢？"林洪洲又问。

"你同涿源公馆的高桥先生一起去，一切活动由他具体安排，他正在等你，希望你去和他商量。"

说完，情报课长站起身把军用地图的帷幕拉上，表示已经完成了布置任务的工作，只待林洪洲起身告辞了。

从参谋都出来，在去涿源公馆的路上，林洪洲心想：显然，从刚才这位情报课长布置的任务看，日军最近要对泰宁军分区发动一次春季扫荡，至于敌人什么时候动手，动用多大兵力，尚不得而知，但可以估计其规模不会小，开始的时间也不会拖得太久，大概在十天半月之内……应该尽快将这一重要情况报告王部长，让咱们的部队作好反"扫荡"的一切准备。

林洪洲一路思考，来到济南涿源路的日本特务机关涿源公馆。他是这里的常客，所以门卫大多认识他，但是他进门时仍然出示了证件，因为这是这里的规矩。

　　他到这里来是找高桥大尉的。他们两个是老熟人。不久以前，高桥曾经几次到大汶口，找林洪洲商量如何破获在潍县方向出现的秘密电台。后来林洪洲从他的青红帮师兄刘叙吾那里获得线索，在潍县和平军李文理的部队里把电台找了出来。经过审讯，这部秘密电台是投降日寇的汉奸和某些国民党特务分子勾结起来，用以贩卖毒品、进行投机倒把并破坏山东人民群众抗日的。有关人员受到处理，潍县和平军司令李文理也被叫到济南受了严厉的训斥。高桥非常高兴，回来后还宴请林洪洲。那次林洪洲喝得醉醺醺，跟跟跄跄走在济南的大街上。一个交通警察问他："干什么的？"他回了一句："他妈的，混蛋！"警察便用警棍捅他，他掏出手枪朝天开了两枪，吓得警察一溜烟逃掉了。他经过一家日本洋行门口，见一个矮胖的日本人站在那里，便问："干什么的？奶奶的！"对方回答："我是日本人。"林洪洲说："你是日本人又怎么的？"那日本人回身进店去，把玻璃门关上，林洪洲照着玻璃门狠击一掌，只听得"哗啦"一声，玻璃碎了，他的手也鲜血直流，仍然破口大骂："什么他妈的日本人，打你的王八蛋！"他平时压抑于内心的愤懑情绪，酒后全都发泄出来。同行的马法尊见情况不好，怕闹出大乱子，赶紧拦了一辆黄包车把他拉走了。事后，林洪洲既受到济南日军宪兵队长山本的训斥，又受到王芳部长的批评，说他"忘乎所以，违犯纪律"。

　　林洪洲上了洓源公馆的二楼，在一间办公室里见到了高桥。

"老伙计，你来啦!"高桥象接待老朋友似的给他倒茶、递烟。

两人说了几句闲话，林洪洲便说："高桥先生，我是来受领任务的。"

"老林，你不要客气，这任务是我们一起完成，希望你多出些好的主意。"

高桥接着谈了他的打算。他说，这次侦察活动，咱们先到东都，再到离东都二十华里的刘都镇，那里离共产党的根据地比较近，容易了解到八路军的活动情况。为了防备在路上受共产党游击队的袭击，由张家庄煤矿派保安队护送。高桥最后征询林洪洲的意见，问："这样安排行不行?"

"还有哪些人去?"林洪洲问。

"你带哪几个人去，由你决定。此外，浅石洋行要带一批假票子到刘都去花，他们派大出去。大出你认识吗?"

"我不仅认识，而且和他很熟。"林洪洲说，"有一次，我们两个到泰安的全顺丝店，他把两条前门烟存放在柜台上出去了。我见了问：'谁的烟?'他们说是大出的，我说：'大出的拿来抽!'就拿出两包，又把两条烟封好，一点也看不出来。后来大出拿烟去送给日铁公司的经理，发现一条烟少了一包，回来大发脾气：'谁搞的名堂?'我说：'大出先生，不就是抽你两包烟吗?'他说：'你们中国人讲不讲面子? 我这是送人的。'我说：'我看是你的烟才抽的，抽是看得起你，不然我还不抽哩！''他妈的！'他突然掏出枪来搁在桌上。我说：'你小子混蛋！你拿枪干什么？'他老实了，说：'对对对，林先生，咱们是老朋友，别发火！'你看，我训了他，他倒给我说好话了。"

高桥听了这个故事也忍不住笑了，说："大出是个粗人，他过去在日本是开豆腐店的。"

他们两人又研究了一些其他问题，林洪洲便离开济南回了大汶口。

几天以后，高桥、大出和林洪洲、侯希仉、韩日生等乘火车来到东都。当时任东都镇副镇长的王春凤接待了他们。

王春凤把他们安排在镇公所后院的小楼上。高桥站在楼上的走廊里，眺望着蒙蒙春雨中的田野，俯看着楼前院内的树木，高兴地说："这儿太好了，春天比城里来得早！"

林洪洲趁高桥、大出不注意，把王春凤叫到一边，说："老王，请你尽快和王部长联系，我有重要情况要报告。"

第二天夜晚，下着淅淅沥沥的小雨，外面黑得伸手不见五指。林洪洲正和高桥、大出在打扑克，韩日生上来说："王镇长找你。"

林洪洲赶紧把牌交给韩日生，下楼来到门口，见王春凤站在那里，便说："你为啥不进来？"

"王部长来了。"王春凤走近以后悄声说。

林洪洲大吃一惊，忙问："他在哪里？"

这时，从黑暗又走来一个人，撑着油纸雨伞，走近后他收起雨伞，高高的身材，敏捷的动作，林洪洲一眼就认出是王芳，马上迎上去着急地说："哎呀，你怎么到这里来？"

"我怎么不能来？"王芳却笑道，"这是中国的地方，又是我的老家，我当然能来。"

"高桥、大出在这里，就住在楼上。"林洪洲说。

"他们下不下楼？"王芳问。

"不一定。"

"没有关系，他们不认识我，我额头上也没有写字说我是谁，你尽管放心，说不定这种地方最安全最保险哩。"王芳轻松地说。"进去吧，他们住在楼上，咱们在楼下谈咱们的。"

林洪洲只得把王芳带到楼下侯希仉和韩日生住的房间，又跑上楼去，对正在玩扑克的高桥、大出说："我要和一个了解共产党根据地情况的人谈话，他只愿晚上谈，不愿白天谈，现在他来了，我和他谈谈。"

"要不要我们也听听？"大出说。

"不行不行，他见到你们害怕，他的胆子特别小。"林洪洲说。

"好，你同他谈吧，我们不打扰你们，希望你多了解些情况！"高桥说。

林洪洲松一口气，快步走下楼来。

就这样，楼上，韩日生陪着高桥、大出两个日本人在玩扑克；楼下林洪洲正在向王芳汇报重要情报。楼上的笑声叫骂声时时传到楼下来，但王芳却镇定自若、沉着冷静地和林洪洲分析研究着当前的形势。

王芳认真地听取了林洪洲的汇报，沉思了一会说："你们提供的情况很重要。看来敌人这次'扫荡'来头不小，是由济南参谋部统一组织的，'扫荡'估计将会在半月之内进行，咱们要做好一切准备，粉碎敌人的'扫荡'。下一步，你们要注意了解敌人集中多少兵力，进攻根据地的准确时间，以及敌人行军的路线等情况，并且及时回来报告。"

"我们了解到新的情况，一定及时报告。"林洪洲说。

"你们要去刘都，我真有点替你们担心。"王芳说。

"担心什么？"林洪洲不解地问。

"你们要走几十里山路，咱们的游击队如果伏击你们，子弹是不认人的，要提高警惕啊！"王芳语重心长地说。

窗外，淅淅沥沥的春雨滋润着田野，林洪洲听着领导上关切的话语，心情是多么激动多么舒畅啊！

那天晚上，林洪洲还向王芳报告了一个重要情况：那个一再表示要弃暗投明、要求参加反战同盟的日本人铁路员工松井，是潜入抗日根据地的间谍。

"你怎么知道？"王芳吃惊地问。

"我在济南泺源公馆碰到他了。"林洪洲说，"我见他穿一身铁路制服，正在和武山谈话，武山还给我们作了介绍，说'这是松井先生，刚从八路军那边过来。'松井走后，武山又一再嘱咐我要绝对保密，决不能泄露出去。我记得他左眼下有个疤，是不是叫松井？"

"正是松井。"王芳点点头说："我回去以后，马上把他扣起来，不能再让他自由活动。"

夜深了，楼上的扑克游戏结束了，王芳也撑开他的油纸雨伞，消失在雨夜的黑暗中。

刘都镇在东都的西南方向，相距二十余华里，那里驻扎日军一个小队，是敌人伸到抗日根据地来的一个据点。到那里不通汽车，只有靠两条腿走，而且大半是高低不平的山路，走起来非常吃力。他们早晨出发，赶到这里已是中午了。

高桥、大出把刘都镇公所的人找来，提出要他们花这些假的北海币。镇长是个五十多岁的小老头，眨巴着眼睛说："这东西我们到哪里去花？共产党抓得厉害，花一回抓一回，所以老百姓都不敢要。"

大出急了，拍着桌子说："叫你们花，你们就花，怕什么？你们怕八路，难道不怕皇军，不怕我大出？"

"我们不怕皇军。我们为皇军办事，为啥怕皇军？"小老头镇长说。

大出无话可说。高桥暗笑不语。林洪洲便从中调解，说："大出先生，刘都这个地方太小了，花起来有困难，但是这钱既然带出来了，总不能再带回去，干脆交给新泰浅石洋行去用，他们活动范围大，不愁用不出去。"

大出、高桥想不出更好的办法，只得同意林洪洲的意见。

侯希仉、韩日生到刘都后，立即向老百姓了解八路军的活动情况，还到附近的乡村看了看，装模作样地忙活了两天，算是圆满地完成了侦察任务。

第二天就要离开刘都回去了。林洪洲他们考虑如何走才能免遭八路军游击队的伏击，因为他们到这里来目标很大，容易引起游击队的注意，如果真遭伏击，正如王芳说的"子弹是不长眼睛的"，"城楼失火"，势必要"殃及池鱼"。于是，林洪洲便对高桥、大出说："八路军游击队神出鬼没，我们要提高警惕。最好今天通知镇公所，说我们明天八点钟开路，请他们准备早饭，实际上咱们凌晨两点就走，这样谁都估计不到。"

"林先生，你太小心了，不用这么早。"大出说。

"还是小心点好，如果两点太早，那就三点走吧！"林洪湖说。

高桥同意了林洪洲的意见。

实际情况果然象林洪洲估计的那样，八路军鲁中军区独立营和泰西武工队正在刘都附近活动，高桥带了二十几个人来到这里，已引起他们的严密注意，并决定在这些人离开时打一次伏击。所以，当高桥吩咐镇公所准备第二天早饭以便吃了开路时，消息很快就传到八路军那里了。

的，还应该耐心等待。

第三天，侯希仉突然报告：有十辆军用卡车满载着士兵，从泰安方向开到新泰。

好！敌人终于行动了。他叫马法尊连夜将这一重要情报送到根据地去。

然而，蒙阴方面的敌人却比较平静，没有要行动的样子。

又过了一天，林洪洲见铁路沿线的日军纷纷向大汶口集中，汽车奔驰，马达轰鸣，尘土飞扬，一派大战前的紧张气氛。同时，韩日生也报告：蒙阴运来了日军，这些部队都带了充足的弹药、粮食，似有进攻根据地的样子。

林洪洲都及时将这些情况报告了王芳。

这天下午，林洪洲来到大汶口的镇公所，镇长向他诉苦说："宾野队长叫我准备二百民夫，明天早晨要用，叫我到哪里去给他找这么多人呀！"林洪洲得知这个消息，如获至宝，因为根据惯例，日军每次外出"扫荡"，都要征用民夫，由此可以断定：敌人的"扫荡"将于明天正式开始了。

派人往根据地送信已来不及，林洪洲决定启用设在大汶口南溜村侯希仉的大舅子王振民家的秘密电台，将这一情报用电报拍发回去。

鲁中军区首长根据各方面的情报，及时作出反"扫荡"的准备。由于泰宁独立团只有四五百人，独立营只有二百来人，战斗力比较弱，决定将胶济线反顽作战前线的王建安旅一六二团调回来，两个营在沈村附近设伏，一个营在蒙阴以西的村子设伏，等待敌人前来就范。

敌人果然从大汶口、蒙阴两个集结地如期出动，向着他们想象中的驻在李家楼子的泰宁军分区机关扑来。那天天刚亮，从大汶口出动的日军走到沈村附近，突然杀声四起，枪声大作，埋伏在山坡上的八路军把日军压在一段低洼的大路上。日军停止前进，仓促应战，向两边山上还击。可是八路军踞高临下，占据有利地形，子弹嗖嗖地追逐着日军，大路边倒下了一片尸体。日军指挥官发现中了埋伏，开始试图攻击前进，但八路军的火力很猛，知道碰上了主力部队，便赶紧组织撤退。八路军冲下山来，双方展开了肉搏战，日军乱了阵营，又被消灭一部分，余下的慌忙向大汶口退去。

从蒙阴出来的日军有一千余人，遭伏击损失了数十人，仍继续往前闯。可是，他们进到李家楼子，根本没有见着泰宁军分区机关的影子，老百姓早已坚壁清野，李家楼子成了一座空村，日军无奈，只得放火烧房子，然后退了回来。

反"扫荡"战斗取得了重大胜利。当根据地军民沉浸在欢庆胜利的喜悦之中时，王芳没有忘记林洪洲他们作出的贡献，表扬说："你们的情报非常及时、准确，为反'扫荡'战斗的胜利立了头功！"

第十一章　营救战友

林洪洲最不愿参与的事，莫过于陪着敌人对被捕的同志或被俘的战友进行审讯了。他不忍心看到那些坚强的革命者失去一切反抗能力之后遭受敌人的残酷鞭打和野蛮折磨，他也害怕被捕同志刀子一样严峻的目光，冰霜一样冷漠的神情。他觉得应该去帮助他们，解救他们，但是他当时绝对不能这样做，却要装得和敌人一样凶狠一样冷酷一样无情……这对他的精神意志是一种多么严重的考验啊！

然而，只要有可能，在不暴露自己的前提下，林洪洲和他的伙伴们总是千方百计地营救那些落入敌人魔爪的战友们。

1944年春天的一个上午，林洪洲从大汶口来到济南泺源公馆。刚要上楼，迎面遇见高桥从楼梯上下来。他得意洋洋地说："林先生，你来啦！告诉你一个好消息，我们逮到了一个共产党的重要干部。"

"真的吗？"林洪洲虽然大吃一惊，但是仍旧装出高兴的样子说："高桥先生又立了一大功啦！"

"那里那里，说不上立功。"高桥说着，用手指了一下一楼走廊里一个低头坐着的人说："林先生，你认识他吗？"

林洪洲见那人有二十四五岁，身躯较胖，穿一件旧蓝布长衫，头发很长，苍白的脸上有几处伤痕，可见他已经受过重刑；便摇摇头说："不认识。我怎么认识他呢！"

"告诉你，他是武老二的弟弟。"高桥神情诡秘地说。

林洪洲当然知道，"武老二"是他当兵时的连长武中奇的外号，但他仍假装不知是何人，问道："武老二是谁呀？难道是《水浒》里的打虎英雄武松吗？"

"哈哈！你这家伙，真的连武老二都不知道？"高桥笑道，"他就是大名鼎鼎的八路军鲁中军区先遣大队大队长武中奇。"

"噢！他是武中奇的兄弟，叫什么名字？"林洪洲问。

"他叫武思平。是他住的旅馆老板说的。"高桥又不无遗憾地说："这家伙是个硬汉，什么都不怕，什么也不说。"

"他是干什么的？"林洪洲又问。

"据说他可能是八路军冀鲁豫军区的敌工部长，但是他死不承认。"高桥说。

林洪洲又看了武思平一眼，见他仍一动不动象尊雕像似的坐在那里，猜不透他是在休息养神，还是在思谋对策。林洪洲真想上前向他表示问候：同志，你受苦了！你真是我的老连长武中奇的兄弟？你是怎么不幸落到敌人手中的？……然而，高桥正目光炯炯地站在面前，林洪洲怎敢有一点表示呢？他只得继续上楼，高桥却说："林先生，今天武山机关长要亲自审问他，你也参加，看他是不是瞎说。"

"武山先生叫我到济南来，就是为了这事？"林洪洲停下脚步问。

"有点关系。"高桥点点头说。

"好，到时候我一定参加，我现在就去见武山先生。"林洪洲说着，向二楼走去。

半个小时以后，在二楼的一间办公室里，泺源公馆特务机关长武山少校、高桥大尉、翻译、记录和林洪洲等都坐在各自的座位上，象在等待着一位十分重要的客人。

门轻轻地开了。两名武装特务将武思平押了进来。他走得很慢，一拐一拐地走到房子中间，在一张专为他准备的空椅上坐下。

室内的几个人都看着他。他也毫不示弱，抬起眼睛挨个地看看审视着他的人。

当林洪洲和他的目光相遇时，不禁怦然心动，赶紧避开他那比刀子还犀利的目光。当时谁都没有说话，室内静得林洪洲可以听见自己的心脏跳动。

"武先生，我们让你想了这么长的时间，你今天应该讲点老实话了吧！"武山终于这样开了头。

"我一直都是讲老实话的。"武思平平静地回答道。

"不见得吧，为什么开始你说姓丁呢？"武山冷笑道。

"那也是我的一个名字——我有两个名字！"武思平巧妙地回答说。

"你这是狡辩！"武山拍着桌子说。"你在八路军里到底干什么？"

"我是八路军冀鲁豫军区贸易局的采购员。"武思平回答。

"你到济南来什么的干活？"武山又问。

"我来采购文化学习用品，买铅笔、钢笔、墨水、纸张、笔记本……供根据地的机关、学校使用。"

"为什么旅馆里有人叫你'武部长'？"武山大声追问。

"旅馆里的人为了赚钱，恭维我，瞎叫我什么'部长'，其实我根本不是，只是个小小的采购员。"

"八格牙路！你狡猾狡猾的，大大的不老实！"武山突然站起身来，跳到武思平面前，举手打了他两记重重的耳光。打完以后，赶紧从裤袋里掏出洁白的手绢来擦拭手掌。

武思平的两颊顿时现出红红的指印，但他仍然坐着不动，死死地盯着暴跳如雷的武山。

"你说，你到底是干什么的？"高桥接着问道。

"我是采购员。"

"你是不是武中奇的兄弟？"高桥又问。

"是的，武中奇是我的二哥。"

"是不是武中奇派你到济南来的？"

"不是的。"武思平马上摇摇头说："我已经好几年没有见到他了。"

"武中奇现在在哪里？"武山突然问。

"在沂蒙山一带，到处跑，我也不知道他在什么地方。"武思平回答得合情合理，无懈可击。

"你到济南来找什么人接头？"高桥又提出新的问题。

"我来采购东西，不找人接头。"武思平说。

"你为什么住在南新街的旅馆？"高桥问。

"那儿买东西方便。"武思平答。

"八格牙路！难道你不怕死？"武山说着，又走到武思平面前，又打了他两记重重的耳光。打过以后，仍然没有忘记从裤袋里掏出洁白的手绢来擦拭手掌。

武思平这次被打得晕头转向，摇摇晃晃几乎跌倒在地，他勉强支持坐着，突然"哇"的一声，将早晨吃下去的食物吐了一地。连日来的折腾与摧残，使他的身体变得极其虚弱了。

审讯已无法进行下去，只得叫两个特务将武思平押下去。

武山满脸盛怒，在屋子里来回打转转。

还是高桥沉得住气，他向武山建议：武思平目前敌对情绪严重，审讯不会有好的结果，不如把他关起来，派两名中国人特务同他保持接触，以同胞的身份劝他不要执迷不悟，投降皇军。至于这两名中国人特务，他提出一个是林洪洲，另一个是郭同振。武山这时已一筹莫展，马上点头表示同意。

郭同振是泺源公馆的特务，有二十五六岁，大高个子，此人能说会道，阿谀逢迎，深得高桥的信任。他原是八路军一一五师宣传大队的干部，经不起艰苦环境和残酷战争的考验，叛变投敌成了特务。由于他对八路军的组织情况和人员思想比较熟悉，所以做策反工作具有更大的欺骗性和危险性。林洪洲对他说："老郭，你干过八路，这次就看你的啦！"

郭同振拍着胸脯说："没有问题。老牛头架不住慢火烧，我就不信他不服软。"

他们俩一起来到关押武思平的地方。郭同振假惺惺地说："武先生，这几天你受苦了。那些家伙真野蛮，动不动就打人。其实，你也不必太认真，好汉不吃眼前亏嘛。胳膊扭不过大腿，你和他们认真，岂不是自讨苦吃！"

武思平只是看看郭同振，没有搭理他。

"你要说老实话。竹筒子倒豆子，毛口袋倒西瓜，把什么情况都向日本人坦白交代了，就没有事了。"郭同振继续说道，"你不要有什么顾虑，讲了实话，日本人不会亏待你的。告诉你吧，原先我也干过八路，在一一五师宣传大队当队长，可是过来以后，日本人不究既往，对我非常信任。我劝你老老实实承认，别说你是冀鲁豫军区的敌工部长，你就是冀鲁豫军区的司令员、政委，只要说了实话，也不会有什么问题，相反，官儿越大，日本人越器重，会给你更加优厚的待遇。不过，你要是不说实话，日本人是不会轻易放过你的。你年轻有为，前程远大，何必和自己过不去，把最最宝贵的生命拿来作儿戏！"

林洪洲听了这一派胡言乱语，恨不得抽郭同振几下嘴巴；但是他不能感情用事，他不仅不能说一句反对的话，而且还要在一旁帮腔，不时地插上一两句话，说："你说吧，说了日本人会宽待你的。"

但是，半天不吭声的武思平抬起头来，用冷漠的目光看看他们说："我就是贸易局的采购员。我的老家过去在济南，从小在这里长大，对这里比较熟，所以上级才派我来采购东西。"

郭同振第一个回合失败了，只得回去向高桥报告：这家伙太顽固。

高桥却安慰说："不要心急，慢慢来，你们中国有句古语：'只要功夫深，铁杵磨成针。'我相信你们会成功的。"

林洪洲的内心深处，既对武思平深感钦佩，又为他的安全焦急担心。他时时思考着怎样把他解救出去。但是，泺源公馆的特务头子对武思平如此重视，看守得非常严紧，他怎么逃得出去呢？林洪洲认为，唯一可行的办法是让他以指认他所认识的八路军人员为名，争取到外面去活动，以寻求逃脱的机会。于是，有一天，郭同振有事外出，林洪洲便单独来到武思平住的地方。

"武先生，你到底是敌工部长还是采购员，能对我说实话吗？"林洪洲说。

"我根本不是敌工部长，杀我的头我也是采购员。"武思平口气坚决地说。

"日本人信了旅馆里的人的话，认为你可能是敌工部长，我认为你可能是敌工部长，也可能是采购员。常言道：口说无凭，事实为准。不过你成天关在这里，不能出去活动，怎么用事实来证明你说的是真话？"

"我怎么才能出去活动？"武思平问。

"你可以答应给日本人干点事嘛。"林洪洲说。

"我能给日本人干什么事？"武思平又问。

"这就要你自己动脑子啦！"林洪洲看着他说，"比如说吧，八路军经常有人到济南来采购东西，你能找出一两个人来，不就可以证明你的真实身份了吗？"

武思平本是极有经验而又反应敏锐的人，他当然听出了林洪洲话里的意思，马上改口说："林先生，我给你说的是实话，咱们都是中国人，你可得帮帮我的忙！"

"我能帮你的什么忙？"林洪洲问。

"我可以给日本人干点事。"

"干点什么事？"

"白马山那里过去我经常去采购的，我到那里可以搞到情报。"

"哪方面的情报？"

"八路军采购物资方面的情报，说不定还能碰见八路军的采购人员。"

林洪洲见武思平这样说，知道他别有企图，也不点破，便说："你能这样做当然好，日本人肯定欢迎。不过，你最好同上次和你谈话的郭大个说，他在日本人面前有办法，你和他说了，事儿准成！"

"好，我回头和郭先生说。"武思平点点头说："林先生，谢谢你的指点！"

林洪洲和武思平谈话以后，果然情况急转直下。郭同振向武山、高桥报告，经他多次劝说，武思平有心回意转的迹象，他表示愿意到济南市里指认八路军进城采购物资的人员，以证明他确实是采购员。武山听了大喜，当即表示说："可以。如果他能把八路军的采购人员争取过来，不仅能搞清他自己的身份，而且也能为大日本皇军立下大功。"

从此，郭同振便带了武思平在济南的大街小巷转悠，以便能够碰上八路军的采购人员。十分遗憾的是，每次都是劳而无功，失望而归。郭同振起了疑心，问："你搞什么名堂？难道连一个都没有碰到？"

武思平却说："你别着急，总有碰到的时候！"

有一天，他俩来到熙熙攘攘的济南火车站，在候车大厅走来走去，似乎真要在人群中找到熟人似的。忽然，武思平对郭同振说："我看见有个人，象是冀鲁豫军区的，我过去看看。"

"要不要叫人？"郭同振问。

"不要打草惊蛇，你把守着大门，出来时咱们便把他逮住。你带枪了吗？"武思平说。

"带了。"郭同振拍拍腰间说。

"好，那他就跑不了啦！"武思平说完，转身挤进了人群。

郭同振在门口等了一会，不见武思平回来，他怀疑武思平说的是不是真话，进而害怕他可能一去不再回来。郭同振赶紧在人群中寻找，却不见武思平的影子。

汽笛长鸣，车轮飞转，一列开往青岛的火车驶出站台。

郭同振在车站里里外外寻找个遍，终于确信武思平已经逃跑，他不敢马虎，以最快的速度跑回去向武山、高桥报告。武山立即派人到处搜寻，并通知铁路沿线军警配合行动，都没有任何结果。

其时，武思平早已在明水站下了火车，很快进入根据地，如飞鸟投林、鱼归大海了。

武思平逃走以后，武山和高桥怀疑是郭同振有意搞鬼，把他放掉的，曾调查郭的经历，并问林洪洲："郭同振和武思平在八路军时是不是认识？"林洪洲说："郭同振过去是八路军一一五师的，武思平是冀鲁豫军区的，两人不在一个单位，不可能认识。"由于郭同振同高桥的关系密切，深得高桥的信任，所以这事也就不了了之。

林洪洲和他的伙伴们利用自己的特殊身份，采取各种手段营救革命同志，还可以举出其他一些事例。

大汶口梁庄乡乡长是地下党员，有一次到张家庄煤矿为八路军购买炸药，被日军查出，遭到逮捕。这乡长是侯希仉的表姐夫，家里的人赶到泰安找到侯希仉的母亲，说："你大儿子给日本人干事，能不能想办法救他姐夫出来？"林洪洲他们商量：即使没有私人亲戚关系，作为革命同志也应尽力救助。便让韩日生赶到煤矿，先搞清情况，再研究营救办法。

韩日生赶到张家庄煤矿，迎面遇见一个熟人，是矿上1480部队的特务张永顺，便问："张大哥，干什么去？"

"抓到一个共产党，还是梁庄乡的乡长。皇军让我带着他到集上去认八路，他死不愿去！我说，你好好认吧，认出八路来，就没有你的事了。"张永顺絮絮叨叨地说。

韩日生见他身后跟着个满脸愁容的陌生人，便问："是不是到矿上来买炸药被逮住的？"

"就是。"张永顺点点头说，"他说是为了赚钱，日本人哪里相信，说他起码是私通八路，所以叫他到集上来指认八路军人员。"

韩日生心想，真是来得早不如来得巧，我何不跟他们到集上去再见机行事？于是便对张永顺说："我也到集上去看看。"

他们来到集上，只见摊贩云集，叫卖声此起彼落，赶集的男男女女摩肩接踵，川流不息。他们在人群中走了一阵，乡长没有发现一个八路人员，倒是有几个老百姓在身后指指戳戳，交头接耳，似乎认出了他就是被捕的梁庄乡的乡长。

"老韩，我到小饭馆去买包烟。"张永顺对韩日生说。

"你去吧！"韩日生答应道。

等张永顺刚一转身，韩日生凑近乡长身边说："你这老小子还不趁着人多赶快滚蛋！"乡长开始愣了一下，但是马上就反应过来，钻进熙熙攘攘的人群中逃走了。

张永顺嘴里叼着一支香烟，从小饭馆里走出来，发现乡长不见了，便问："人呢？"

"不是你看的吗？"韩日生说。

"我买烟去了，把人交给你了。"张永顺着急地说。

"你哪儿把人交给我了？你只说去买包烟，我以为你带着人去的哩。"韩日生说。

"糟了，赶快找人！"

到哪儿去找人？人早已远走高飞了。

高原是八路军泰山军分区的后勤部副部长，在一次敌人"扫荡"中被俘，受了重刑，但坚强不屈，誓死不降。敌人没有办法，便将他关押在泰安西关天生观，并要他到集市上指认八路军人员，以将功折罪。他开始不愿意，继而一想，指认不指认是我的事，经常出去转转，权当放风，也是好的。所以便经常由便衣特务带着，在泰安城关的集上转悠。

有一天，林洪洲从大汶口来到泰安，手里提了两瓶景芝白干，去看望他的青红帮师父张五爷。在师父家里，遇见了在日军泰安宪兵队当特务的师兄弟会树生。中午，张五爷备了酒菜招待两个徒弟，大家边吃边谈，气氛十分融洽。林洪洲是有心人，喝了几杯，趁着酒兴问："树生，最近抓到共产党八路军没？"

"逮住一个，还是共产党的什么后勤部长哩！"会树生醉眼朦胧地说。

"关在哪里?"林洪洲问。

"在天生观,咱们的人看着,有八路进泰安的话,让他指一下,便抓起来。"会树生说。

"他会干吗?"林洪洲又问。

"他也不说不干,就是到现在还没有给指一个。"

"树生,我能不能去看看这个共产党?"林洪洲突然提出。

"行是行,我和张洪林在那里,洪林是咱们师兄弟,不会说啥,只是还有个日本宪兵伍长穿了便衣在那里,怎么办?"会树生似乎有些为难。

"没有关系,等宪兵伍长不在的时候进去,看看就出来。"林洪洲说。

"好。他回去吃饭时你来。"

傍晚,会树生带着林洪洲到天生观,果然只有张洪林在,一见面便打招呼:"洪洲!你来啦,稀客稀客。"

"你在干啥呢?怎么也不到师父那里去?"林洪洲假装不知,问道。

"有任务。"张洪林用手指一下说:"共产党的后勤部长。"

林洪洲顺着他手指的方向看去,见一人坐在地铺上,低着头抽烟,见林洪洲来,抬起头冷冷地看了一眼,面部没有任何表情。

林洪洲无法同他交谈。但是从会树生、张洪林口中知道,他名叫高原，是徂徕山前的朱家庄人，十几天前被俘，被打得遍体鳞伤，但始终没有叫喊一声，是一个钢铁汉子。

林洪洲从天生观出来，便考虑如何营救这个被俘的部长。

他到食品店里买了两盒点心，又来到师父张五爷家。

"洪洲，你怎么又回来了？"张五爷见了问他。

"师父，是这么回事。"林洪洲坐下后说，"树生和洪林看的共产党，他家里来人了，找到我，要我来求师父想办法搭救他。这两盒点心就是他家里人孝敬给师父的。你老人家发发善心，救他一命吧！"

张五爷沉思了一会说："按理说都是中国人，这个忙咱们应该帮！不过日本人最恨共产党，这个忙咱们不一定帮得上。等我和洪林说说，叫他想想办法。"

张五爷果然说到做到，第二天就同张洪林说了。张洪林见师父托他办事，不好推托，但又有点为难，最后还是硬着头皮答应了，说："要不是你师父说情，我决不干这种危险事，既然师父吩咐了，我刀山得上火海也得下！"

张洪林回到天生观，见日本宪兵伍长不在，便对高原说："老高，咱们都是中国人，你怎么回事，我也不清楚。我看你下次出去时，瞅个机会逃命去吧！"

高原不知张洪林的意图，马上说："我不跑，我不跑。"

"叫你跑你就跑。难道要在这里等死？"张洪林着急地说。"我一个人在时你如果跑了，我招架不了，等和日本人一起到集市上找人的时候，我和日本人说话，你赶快溜走。"

高原将信将疑地点点头。

"不过咱们话说在前头，逃掉了是你的福气，万一逃不掉，你可别把我出卖了。"张洪林说。

"我怎么是那样的人呢？我绝对不会连累你！"高原保证说。

两天以后，日军宪兵伍长、张洪林和高原三人又来到泰安西关的集市上，走到最热闹的财源街下河桥附近，见到处都是摊贩，各种商品琳琅满目。张洪林拉着日军伍长看几件有趣的小玩艺儿，等他们看了一阵直起腰来时，却找不见高原，他早已溜走了。

在被捕人员中，也有个别人立场不够坚定，意志不够坚决，在生与死的面前经不住考验，丧失革命者的气节，甚至使林洪洲等陷入困难处境。

当然，许多被捕的同志脱离虎口，回到革命部队以后，仍然努力工作，积极战斗，为革命继续作出贡献。前面提到的武思平，抗战胜利后任鲁中行署的公安局长，他写了一本书记叙他这次被捕与脱险的经过，书名便叫《硬汉》。全国解放以后，他担任山东军区的军法处长，郭善堂是保卫部的侦察科长，两人在一起工作，谈起这段往事，武思平感激万分，说："开始我对你很警惕，认为你是个老特务，不象别的人那样横鼻子竖眼，可能更阴险；后来觉得你有正义感，有同情心，所以你一指点，我就心领神会了。"

1956 年，武思平转业到铁路局任公安处长。审干时，郭善堂给他写了材料，证明他被捕以后坚贞不屈，是个好同志。"文化大革命"中，铁路上一派要打倒他，找郭善堂进行调查，郭善堂告诉他们："我 1956 年写的证明材料完全属实，没有新的情况补充。"1978 年，郭善堂到南京去，拜访了他的老连长、著名书法家武中奇。武中奇的老伴第一次见到他，见面时说："你就是那个郭老弟？我三弟要不是你证明，死后也盖不上党旗！"语毕，老两口不禁潸然泪下。

第十二章　处置叛徒

　　林洪州和他的伙伴们潜伏于敌人内部，克服重重困难，千方百计营救被捕的同志，使他们免遭敌人的伤害，好象有一张无形的盾在保护着他们；然而，对那些死心塌地投靠敌人、丧心病狂地残害革命的叛徒，则想方设法予以惩罚、处置。这时，林洪洲和他的伙伴们又成了悬在叛徒们头顶上的一把锋利的达摩克利斯剑。

　　刘根明原是中共泰安县委副书记兼组织部长，一天却突然悄悄地离开了根据地，来到泰安城里向日军宪兵队长宾川少校自首投降了。

　　刘根明原在根据地的边缘区十来方城当小学教员，后来参加了革命。在当时革命队伍里文化人奇缺的情况下，他成了出类拔萃的人物，并得到组织上提拔重用。不能说他没有艰苦奋斗过，也不能说他对革命没有作出过贡献，但是知识分子的优越感使他放松了对自己思想的改造，地位的变化又使他越来越热衷于物质的追求和生活的享受。他和妇联会的一个女干部关系暧昧以至私通，影响极坏。组织上发觉后批评了他。他便心怀不满，和那女干部串通好来了个不辞而别，溜出根据地后投降了敌人。

刘明根叛变后，向敌人暴露了大量党的机密，使泰安县委的工作受到严重的损失。鲁中行署公安局副局长芦宝奇经常在泰安北面的几个村子活动，由于刘根明透露了这一情况，日军将他捕获，并残酷地杀害了。所以，连大汶口 1480 部队的向出都对林洪洲说："林先生，你知道吗？最近有个共产党县委书记投降了皇军，谈了许多共产党内部的情况。"

林洪洲早已知道刘根明叛变的事，但故意说："一个共产党的县委书记，官也不算小了，他为什么要投降皇军？"

向出笑笑说："为了女人。他和他的情妇一起逃出来的。"

林洪洲说："不过，共产党诡计多端，皇军要提防他们使用苦肉计。"

向出很认真地听着，然后说："也不是没有可能的。我要和宾川少校说说，应该对他进行考察，不要受他欺骗了。"

两天以后，林洪洲来到泰安，正坐在大观街的洪吉堂药店的柜台里，和朋友聊天，忽然看见他的青红帮师兄弟张竹林同一个三十多岁的男子走进来。那男子黑瘦的脸，尖下巴，有几根短短的八字须，留着分头，一双眼睛东张西望，好象对一切都感到新鲜而陌生。林洪洲便和张竹林打招呼，张竹林马上给他们作介绍说："这是刘先生，这是我的大哥林先生。"两人便点头寒暄了两句。

林洪洲又把张竹林拉到一旁，悄声问："这刘先生是谁呀？"

"你不知道？他叫刘根明，原来共产党的县委书记，最近投奔过来的。"张竹林说。

"噢！原来就是他。"林洪洲不由得又把正在买药的男子多看了两眼，见他仪表平常，象个小职员，不象是县委书记那样的干部。

"现在，我们都在宾川手下混饭吃。"张竹林又补充说。

林洪洲正想进一步了解刘根明的情况，便说："竹林老弟，咱们今天去看看师父吧，我在师父家等你，咱们好久没有在一起唠唠了。"

"一言为定，不见不散。"

张竹林欣然应诺。这时，刘根明已经买好药，朝林洪洲点点头，和张竹林一起走了。

晚上，林洪洲和张竹林几乎同时来到在西关开馒头房的师父张润生家。向张五爷和他老伴请安以后，林洪洲便拿出酒菜，请师父和张竹林喝一盅。张五爷捋着胡子笑道："洪洲，又让你破费了。"

喝酒时，林洪洲就有意把话题往刘根明身上拉：他为什么从共产党那边过来投奔日本人？他投靠宾川时，有什么晋见礼？为皇军作了哪些贡献？……张竹林两杯白酒下肚，把自己知道的情况全都倒了出来。他说，刘根明是"英雄难过美人关"，为了一个娘们背叛共产党投奔皇军的。他还说，刘根明过来以后。交出了泰安县共产党的组织情况，不过，等皇军根据他交代的线索搜捕时，人家早都转移了，所以没有抓到什么人，但是抓到一个大官，据说是什么公安局的副局长。

"宾川相信他真的投降皇军吗？"林洪洲忽然问。

"宾川开始不大信，后来见他真的带了女的过来，便信了。"张竹林说。

"假如女的也是共产党派的，宾川岂不是上当了？"林洪洲说。

"男女假称夫妻来蒙骗人，这也是常有的事。"张五爷呷一口酒，插嘴说。

"林大哥，我给你说实话吧，宾川并不完全相信他，叫我经常监视着他，有什么情况就及时向宾川报告。"张竹林酒后吐真言，说了以后又嘱咐道："这是咱们师父徒弟、师兄师弟之间说说的，千万不要传出去，宾川叫我对外人不能说，要保密的。"

"你发现点什么情况没有？"林洪洲问。

"没有。"张竹林摇摇头说，"我有个亲戚在省庄开杂货铺，刘根明过去经常到那一带活动，人们都认识他，过两天省庄逢集，我打算去找我的亲戚了解了解。"

林洪洲慢慢喝着酒，把张竹林的话都暗暗记在心里。

从泰安回到大汶口，林洪洲把马法尊、侯希仉、韩日生等召集在一起商量对策。大家听林洪洲介绍刘根明的恶劣表现，都非常气愤，一致同意对他采取处置措施。至于用何种方式来处置，开始意见并不一致。韩日生说："找个僻静地方，一刀把他捅了算了。"侯希仉说："咱们想办法叫他去爬泰山，找个地方把他推下山崖，让他粉身碎骨。"马法尊说："你们的办法都不好，捅死他会引起敌人注意，爬泰山他不一定愿意去。既然宾川并不信任他，我们应该从这里下手，让敌人更加怀疑他，直到把他除掉，这才是上策。"最后林洪洲说："我同意老马的意见，尽量不要自己动手，如果我们说他是共产党派来的，并给日本人提供证据，日本人不仅对刘根明产生怀疑，而且会更加相信我们，这才叫一箭双雕。"于是，他们当即决定，以王芳的名义给刘根明写一封信，并想办法把它送到宾川的手里。

这一天是泰安城东十五华里省庄的集日。一大早，四乡的农民就手提肩负，带了自家的农副产品前来赶集，平日冷清清的小镇顿时显得热闹起来。张竹林也骑了辆自行车，来到省庄开杂货铺的亲戚家，坐在柜台里喝茶歇息。

"八路还常到你们这儿来活动吗？"张竹林漫不经心地问。

亲戚有三十来岁，是他的一个表哥，知道他是吃日本人饭的，便含糊地应道："有时来，不过也不常来。"

"刘根明你见过吗？"张竹林问。

"好久没见他来了，你提他干什么？"表哥问。

"他到泰安城里，投降日本人了。"张竹林说。

　　"不可能吧，他是共产党的县委书记，怎么会投降日本人呢！"表哥根本不相信。

　　"我还骗你？我在泰安城里见着他了，他带了个女的，说是他的老婆。"张竹林说。

　　"这就奇了，没有听说他结过婚呀！不可能，他决不会投降日本人，即使去了，也不会是真心投降，或许有什么任务，共产党派他去的吧！"表哥很有把握地说。

　　"你何以见得呢？"张竹林问。

　　"听说过去日本人打死过他家的什么人，他曾经发誓此仇不报，誓不为人……"

　　张竹林正和他的表哥闲谈时，突然从外面集上传来两声清脆的枪声，接着便是人群慌乱地奔跑，还有人在后面追赶，大声吆喝："抓住他！别让他跑了。"

　　张竹林走出店门一看，见从远处追来的不是别人，正是林洪洲和他的一个弟兄。张竹林马上叫道："大哥，大哥，出了什么事？"

　　林洪洲走到跟前，满头大汗，气喘吁吁地说："刚才抓到一个八路，从他身上搜出了一封信，正带着他要回城，他突然钻进人群里逃跑了。"

　　"这么多人你到哪里去找？算了，进来喝口茶，休息一下。"张竹林说。

　　林洪洲走进店来，刚坐下，便向身后的人："那封信呢，没有叫那小子带走吧!"

"在这儿哩。"那人把信交给林洪洲。

"什么信?"张竹林好奇地凑过来，问。

两人不看犹可，看了大吃一惊。信是共产党的敌工部长王芳写给刘根明的，只见上面端端正正地写道:

根明兄:

一别月余，近况如何?你能迅速取得信任，殊可庆贺。几次情况报告，均已收悉，勿念。诸事来人面达，不另。祝

好!

王芳×月×日

林洪洲看看张竹林，张竹林看看林洪洲，似乎是说: 刘根明这家伙果然是假投降啊! 两人惊愕得一时竟说不出话来。

"竹林老弟，真是'知人知面不知心'! 刘根明这家伙果然是假投降，是共产党派来的特务!"林洪洲说。

"真狡猾! 我差点上他的当!"张竹林说。

"这封信怎么办? 是我们交给宾川，还是你去交给宾川?"林洪洲问。

"大哥，本该你们去交，因为这是你们立的功。不过，如果大哥照顾兄弟，我回去交给宾川，就更好了。"张竹林说。

"咱们哥儿俩还说这话? 你拿回去交给宾川吧!"林洪洲大方地说。

"感谢大哥照顾兄弟!"张竹林连声说。

张竹林从省庄回到泰安的当天，刘根明就被宾川传去，**晚上也没有回家。**

第二天，林洪洲在张五爷家见到张竹林。据他说，开始宾川还有些怀疑，是不是有人造假陷害刘根明，张竹林赌咒发誓地说亲自在集上抓了八路的探子，从探子身上搜出来的，宾川才相信了。把刘根明叫到宪兵队，他矢口否认，说和王芳没有任何联系，可是他哪里吃得消宪兵队的刑罚，不到一个时辰，他老老实实承认了，说是王芳派他打入内部的，他的任务是搜集情报和作策反工作。宾川问他策反了谁，他说工作刚刚开始，已经和洗澡堂一个跑堂的拉上了关系。林洪洲听了，心中暗喜，嘴上却说："竹林老弟，为皇军立了一功。"

"全靠大哥帮忙，不然哪有兄弟的份！"张竹林感激地说。

可是，过了些日子，林洪洲没有听说日军如何处理刘根明的消息，觉得有些奇怪。又过了些日子，有一天在泰安大观街上，林洪洲见刘根明和他的女人在逛商店买东西，象没事的人似的，就更觉得惊奇了。

林洪洲找到张竹林，才弄清事情的原委。原来，刘根明承认和王芳有联系后，便发誓要悔过自新，忠诚于大日本皇军。宾川对他说：今后你要继续和王芳保持联系，向他报告假情报，王芳有什么指示，立即向我报告。刘根明答应以后，宾川便把他放了出来，但是并没有放松警惕，仍然叫张竹林严密监视他的一切活动。

　　林洪洲没有料到事情会有这样的结果，不免有些失望，但也无可奈何，只有看情况再想别的办法。

　　一天，林洪洲又来到西关师父张润生家。刚进门，见张五爷正气呼呼地教训他的徒弟牛庆海，说："庆海，你怎么这样不争气？你的师兄也好，师弟也好，有谁象你这样不自爱的？我早就告诉你，白面这个东西沾不得，一吸上瘾，就会变得人不像人鬼不像鬼，既败了家，又毁了身，那样的事情还少吗？可是，你就是听不进师父的话！"

　　"师父，我改，我改。"牛庆海没精打彩地说，"可是改也得有个过程。"

　　林洪洲猜测，一定是牛庆海的吸毒瘾又犯了，来和师父借钱，惹得师父生气。他便上前劝说道："师父，你息怒！庆海这个毛病的确不好，他已经知错，决心要改，你就少说两句吧！"而后拉了牛庆海出来，到后街一家小铺子里买了两包白面儿，让他过了烟瘾。

　　牛庆海过足了烟瘾，喝了两口酽茶，精神来了，象换了一个人似的，对林洪洲说："大哥，在这么多师兄弟中，你是最看得起我的。我牛庆海也不是知恩不报的人，我会报答你的。"

　　"自家弟兄，不必说这话。"林洪洲说。

　　"正因为是自家兄弟，有些话我要对你说。"牛庆海一本正经说，"你不是给日本人干事的吗，我要告诉你一个重要情况，刘根明是共产党。"

"你怎么知道?"

"他叫我给共产党送信。"牛庆海说,"他和我沾点亲戚,他知道我有两个堂兄在共产党那边,我和他们有联系,昨天他交给我一封信,叫我送到那边去。"

"他既然投降日本人了,为啥还和共产党联系呢?"林洪洲问。

"他对我说了,日本人靠不住,对他不相信,听说共产党还在争取他,派人给他送过信,所以他也想脚踩两只船吧。"牛庆海解释说。

"信呢?"林洪洲问。

"在我身上呢!"说着,牛庆海从内衣口袋里掏出一封信来,交给了林洪洲。

这确实是刘根明写给王芳的信,大意是说:我误入歧途,做了对不起党和人民的事,悔之已晚。今后我要改过自新,重新作人,请组织上及时指示。林洪洲心想:刘根明这是搞的什么鬼?他答应宾川要和王芳联系,这难道是他为取得联系而写的吗?今天碰巧落入我的手中,决不会便宜了他……林洪洲把信收好,对牛庆海说:"这事不是闹着玩的,日本人知道了要掉脑袋的呀,你给他送信干吗?"

"我想也是,何必给他冒这个风险!"牛庆海说。

"咱们是兄弟,这事你同我说了就行了,对别人不能露一点风儿。"林洪洲叮嘱说,"如果刘根明再问起你,你就说已经送到那边去了。"

"好，大哥我听你的。"牛庆海说。

林洪洲得到刘根明这封亲笔写给王芳的信，并没有马上去交给宾川少校，而是乘火车回到了大汶口，来到1480部队石原小队要求面见向出副队长。

"向出先生，你曾经给我说过，共产党泰安县委的书记投降了皇军，谈了许多共产党内部的情况，那个人姓刘叫刘根明，你还记得吗？"林洪洲问。

"记得记得，那人后来给宾川少校当特务。"向出连连点头，"怎么样，有什么情况？"

"他是假投降，他和共产党有联系。"林洪洲说。

"你怎么知道？"向出吃惊地问。

"我抓到他亲笔写给共产党敌工部长王芳的一封信，你请看！"

说着，便把信交给了向出。向出看过以后，一面夸奖说："老林，你真有办法，这么机密的东西你都能搞到手，了不起！"一面又气愤地骂道："这个坏蛋，原来是假投降，他反对咱们大日本皇军，我要叫他彻底完蛋！"

向出很快把这封信送给泰安的1480部队大队部，而后转呈济南日军宪兵队，请他们审查处理。没有过几天，刘根明就被押到济南。他开始还想抵赖，一动刑，全都承认了，说信是他写的，他想和王芳取得联系，继续为共产党做事。他说的是真话还是假话，日本人没有时间去分析，他们只注重证据，白纸黑字，这是最可信的。

济南宪兵队并没处决刘根明，而是在他额角上烙了个红色的印记，把他押送到东北的矿山去当了劳工。

第十三章　被捕入狱

　　林洪洲成年累月地与敌人为伍，同魔鬼共舞，时时、处处都会遇到危险，因此，他不敢有丝毫的松懈与麻痹，恨不得睡觉都睁一只眼睛，即使如此，他仍然没有摆脱遭暗算、被搜捕以至身陷囹圄的境遇。

　　有一天，林洪洲在自己的家里给王芳写了一份材料，打算叫马法尊送到东都去的，刚写完，外面有朋友找他，他把材料往抽屉里一塞，便出门了。

　　他的妻子亓仲莲正在家缝棉衣，突然看大门的老头慌慌张张跑进来说："林太太，不好了，日本兵把咱们的房子包围了，门口站了岗，不让出去。"

　　亓仲莲吃了一惊。她马上想起林洪洲刚才写的材料，便丢下手中的活计，拉开抽屉，把几张纸叠好，塞进自己的裤腰里。她正要往屋外走，几个日本兵闯了进来，其中一个问："你是什么人？"

　　"我是林洪洲的太太。"仲莲平静地答道。

　　"林洪洲在什么地方？"日本兵又问。

　　"他出去玩了。有什么事？我去找他回来。"仲莲说。

"你的不能走。"日本兵用枪把她挡住。

"你们不让我出去，我怎么能找他回来？好吧，我就不出去了。"仲莲拉过一把椅子，靠门口坐了下来。

日本兵见林洪洲确实不在家，不放她出去便找不回来，叽哩咕噜商量了一阵，其中一个对亓仲莲说："好，你去吧，去把林洪洲找回来！"

亓仲莲站起身就走，出大门时对看门的老头嘱咐了两句，便离开了。

她来到斜对门的西丰裕货站。马法尊不在，只有老板焦兆良坐在那里看账，她走进去说："焦先生，老林来过没有？我们家被日本人封住了。"

"为什么？"焦兆良吃惊地问。

"不知道哩。我这里有几张纸，你给我藏起来，我带着不方便。"亓仲莲将材料交给焦兆良收好，并说："你快去告诉老林，叫他躲一躲，千万不要回家。"

焦兆良出了西丰裕，见林洪洲家门口站,好几个日本兵，不敢走近，只远远地看了一阵，便迳直到山西街的同仁药店，见林洪洲正在那里坐着，便说："老林，日本兵要抓你，把你家大门也封了，嫂子跑到我家，叫我告诉你千万躲一躲，暂时不要回去。"

林洪洲大吃一惊，因为他首先想到的是抽屉里写的那份材料，如果让日本人搜了去，岂不要坏大事？便问焦兆良："她人呢？"

"她在我店里呢。"

"她还对你说啥了？"林洪洲又问。

"没说别的。哦——她交给我几张纸，用手绢包着的，叫我好好藏着。"焦兆良说。

"你藏好了没有？"林洪洲估计是那份材料，所以赶紧问。

"藏好了，你放心吧！"

林洪洲这才心上的石头落了地。他赶紧离开店堂，躲进药店的库房，对老板高健堂说："任何人来找我，你都说我没来。"

"要是嫂子来呢？"高健堂问。

"假如有人跟着她，你也说我不在。"林洪洲说。

从早到晚，林洪洲在药库里蛰伏了一天，不知外面的情况，心里非常焦急。到夜晚，听得警察局长徐占魁敲门，大声问："林先生在吗？"

"不在。他昨天来过，今天没有来。"高健堂回答说。

"他会到哪里去呢？"徐占魁问。

"不知道。"高健堂问："你找他有啥事？"

"日本人白天把他家的房子围起来了。"徐占魁说："他要是到你这儿来，你告诉他，没有他的事，日本人把韩日生抓去了。"

他们两人的对话，林洪洲听得清清楚楚。虽然说没有自己的事，可以放心些，但为什么把韩日生抓走呢？翻来复去想了一夜，也没有结果，第二天一早便叫高健堂到警察局找徐占魁打听，只有弄清原因，才能决定对策。

高健堂回来说，林洪洲家门口的日本人已经撤了，林太太还没有回去，日本人所以把韩日生抓去，是由于有人在宾野面前告发他敲榨勒索老百姓，宾野本来对林洪洲就不满意，所以兴师动众，搞得满城风雨。

林洪洲听说以后，完全放心了。吃过早饭，他来到警备部队要求见宾野。宾野说："林先生，你的特务韩日生不好，敲榨人家二千元钱，我把他关起来了，正要找你商量怎样处理呢！"林洪洲心想：你就这样同我"商量"，明明是要我的好看嘛。但又不得不表示："我回去调查，如果确是这样，一定要处理。"他回来一查，原来是韩日生同别人合伙做茶叶生意，因利润分配不均，发生经济纠纷，对方就告他仗势欺人，敲榨勒索，于是宾野便演出了这一幕惊险剧。搞清事情的真相以后，林洪洲便向宾野交涉，据理力争，宾野只得将韩日生放了出来。

这一次是一场虚惊。可是几个月以后，林洪洲真的被抓起来，关进济南宪兵队的监狱，经历了一次生与死的严峻考验。

这一天，林洪洲因患感冒在家躺着，亓仲莲服侍他吃过药出了汗刚刚退烧。但仍觉得浑身酸懒无力。忽然，看门的老头跑来说，济南日军宪兵队的大道军曹带了两个日本兵要见他，现在大门口。林洪洲不敢怠慢，赶紧穿衣下床，并请大道军曹进来。

大道是林洪洲的熟人，过去两人曾经打过交道，所以林洪洲老远就和他打招呼："大道先生，你来啦！快请进，快请进！"

可是，大道却一反常态，表情很严肃，口气生硬地说："林先生，你怎么啦？病了吗？请你到济南去！"

林洪洲以为是叫他到济南去治病呢，便说："我只是有点儿感冒，吃些药就好了，用不着到济南去治。"

"山本队长叫你去的，你应该去！"大道说。

"山本队长怎么知道我病了？"林洪洲的脑子仍然没有转过弯来，所以感到奇怪，并一再说自己的病快好了，用不着去济南。

倒是亓仲莲在一旁看着觉得不大对头，便说："他吃了药刚刚退烧，不能吹风，去不了济南！"

"不去不行的，山本队长的命令，一定要去！"大道用一种不容商量的口气说。

"为什么？"林洪洲惊住了。

"不知道，我只是执行命令。"大道毫无表情地说。

"好吧，我去。"林洪洲说。

"你刚退烧怎么走路？"亓仲莲走到他的跟前说。

"没有关系，我的病基本上好了。既然山本队长叫去，看来不去也不行，你放心好了，我去去就会回来的。"林洪洲怕她经不住这样的打击，便安慰她说。

亓仲莲收拾了一个小包裹让林洪洲带走。他又从桌上的笔筒里抽出一张坐火车免票的派司，正要装进口袋，大道突然一把抓了过去，问道："什么东西？"

"免票证。"林洪洲说。

大道拿着免票证左看右看，看不出什么名堂，但又不还给林洪洲，干脆往自己的口袋里一塞，催促他快走。

大道的一举一动，林洪洲全都看在眼里。知道他这次决不是"请"自己去济南；而是来抓人的。什么原因？不得而知，但决非小事，很可能凶多吉少，所以他再次看看妻子，并说："假若朋友问起，就说我被叫到济南去了。"

"唔。"亓仲莲点点头，眼眶里含着泪水。

林洪洲和大道等一起来到火车站。当时，日军在太平洋战争中接连失利，美国空军加强了对日本国本土和中国大陆沿海地区的空袭。开往济南的火车本是下午五点开车，由于美国飞机炸毁了铁路桥梁，造成火车停运，车站公告说要到晚上九点半钟才能通车。大道看了看手腕上的表，对林洪洲说："你先回去，晚上开车前到这里来。"

"我一个人回去？"林洪洲问。

"你一人回家，我们去警备队，晚上九点半前在这里会合。"大道说。

　　林洪洲出了车站，立即叫辆黄包车，坐着回家。

　　他到家以后，叫妻子亓仲莲赶快去把马法尊、侯希仉、韩日生等人找来，说有重要事情商量。不一会儿，大家都来了，林洪洲讲了刚才发生的一切，并说："山本突然叫我去济南，可能要出事，从大道说话的态度并拿走我的派司，肯定是他们对我产生了怀疑。但是到底出了什么事情，我还弄不清楚。你们也都要有思想准备，注意事态的发展，实在不行的话就撤。"

　　"那你赶快走，先躲起来，夜里出城，我们在这里看看情况再说。"侯希仉着急地说。

　　"对，老林赶快走，现在走还来得及。"马法尊也说。

　　"不行，我不能走。"林洪洲摇摇头说，"第一，情况没有搞清楚，问题到底出在哪里还不知道，如果山本仅仅是怀疑，我人一走，岂不成了'此地无银三百两'？第二，未经党组织批准，也不应该随便离开自己的工作岗位，走倒是容易，但是走了再要回来就困难了。所以，我经过再三考虑，决定去济南，看看情况再说。"

　　"要是有危险咋办？我看你不能去。"韩日生也说。

　　"要说危险，咱们的工作时时刻刻都有危险，咱们始终在和危险打交道。"林洪洲说，"我走以后，这里的工作由马法尊负责，你尽快向党组织报告，并请组织上放心，我决不会泄露党的机密，决不会出卖同志，我会经得住任何严峻的考验！"

　　"你去济南以后，怎样同你取得联系呢？"马法尊问。

"如果没有事，我很快就回来了；假如我不回来，也不托人捎信回来，那就肯定出事了。到那时，你们去济南都不合适，只有仲莲以家属的身份去看望，或许能见得着面。"说到这里，林洪洲转身问妻子："你一个人去济南行吗？害不害怕？"

"我去，我不怕。"亓仲莲说。

"到时候我们送嫂子去。"韩日生、侯希仉同声说道。

由于怕大道闯进来会遇见大家，所以商量到这里，林洪洲便叫大家先后离开，各回各的去处。

晚上九点半以前，林洪洲来到火车站，大道军曹和两个日本兵已在那里等待。他们会合以后，一同进站上车，离开了灯火阑珊的大汶口车站。

列车到济南已是半夜。下车以后，大道把林洪洲送到火车站附近的日本宪兵队。大道向宪兵队的看守人员交代了几句，就自己走了。

日本宪兵将林洪洲带到楼下的地下室。先走进值班室，一个日本兵一把夺走他手里的包裹，另一个日本兵把他口袋里的钞票、香烟、火柴等东西全都搜走，而后叫他解开裤带，又把裤带抽走，于是他只好手提着裤腰走路。至此，他才知道这地下室是关押犯人的场所，他已经被逮捕成为犯人了。

"你是林洪洲？"日本兵的面前放了一张登记表，抬起头问他。

"是的。"林洪洲答。

"多大年纪?"日本兵又问。

"二十四岁。"

"哪儿人?"

"山东莱芜。"

日本兵一边问一边低头填写表格。林洪洲趁他不注意,用眼角扫了一下那张表格上的字,见有一栏内写了"通敌"两个中国字。林洪洲心里格登了一下:果然情况复杂,是政治问题,看起来进来容易出去难了。敌人根据什么怀疑我暗中通"敌"?我有什么把柄落在敌人的手里了?……想来想去,不得其解。他忽然觉得敌人没有抓到什么真凭实据,是在那里瞎怀疑。因为自己本是八路军那边派过来的,根本不存在"通敌"的问题,敌人硬要说自己"通敌",恰恰证明它不了解我的真实身份。想到这些,林洪洲反而坦然起来。

在值班室搜查、登记以后,林洪洲便被带进铁栅门,关入了第五号牢房。

一间小小的囚室,地铺的秫秸杆上挤了五个犯人,见林洪洲进来,有的坐起身有的侧着头一齐睁大眼睛好奇地看着。林洪洲在他们中间找了个稍空的地方坐下来,打算抽支烟解解乏,一掏口袋空空的,才想起刚才在值班室什么都被搜走了。

"你不是林先生吗?"一个四十多岁的男子爬到林洪洲旁边,悄声问。

"你是谁？我怎么不认识你？"林洪洲吃惊地问。

"我是大汶口恒泰粮店的，我姓赵，你不认识我，我可知道你先生的大名。"那汉子说，"你怎么也到这儿来啦！"

"哦！赵掌柜。"林洪洲苦笑了一下，说："我也不知道为啥把我关到这儿来。"

"啊！主啊。"一个基督教徒在胸前画个十字。说："我们牢房这就全满了。"

林洪洲躺在秫秸杆上，一夜没有合眼，脑子里象放电影似的回忆近来同敌人接触时自己的言行，有什么授人以柄的。想到最后，他认为自己没有失误之处，如今敌人怀疑自己，只有一种可能，就是有人在敌人面前暗算自己，说了自己的坏话，这个人十有八九是山本身边的特务秦伯衡。

秦伯衡有四十多岁，是个老奸巨滑的家伙。他早年在北京大学读书，倾向革命参加学生运动。抗日战争爆发后，投笔从戎参加八路军，在一一五师宣传队工作。可是他经不住艰苦生活和残酷斗争的考验。后来叛变投敌，摇身一变成了日军济南宪兵队的特务。由于他会舞文弄墨，充任特务组织新民会的特派员，在《新民会刊》上发表不少反共反人民宣扬"东亚共荣"的文章，所以深得宪兵队长山本的赏识。林洪洲得到山本和日本其他特务机关的重用以后，秦伯衡本能地感到此人与一般特务不同，生活上不奢侈腐化，而且经常往东都跑——那里可是共产党的老窝，因此，他怀疑进而断定林洪洲是共产党打入日军内部的"奸细"。有一次，他曾当着林洪洲的面试探地问："林先生，你当特务到底图个啥？人家当特务是为了吃喝玩乐，图享受、图富贵，你图个啥？"林洪洲却反问他："你呢？你图啥？"秦伯衡说："我图钱。"林洪洲马上接着说："我图势。有权有势，多福气！这叫做人各有志，哈哈！"说得秦伯衡哑口无言。

自从林洪洲和高桥到潍县和平军李文理的部队起出一部同国民党特务秘密联系的电台以后，秦伯衡便觉得有必要提醒山本队长把林洪洲的真正面目搞清楚。他说："山本队长，我看林洪洲不象一般的人，可能和共产党有联系。"

"你有什么根据？"山本感到很意外。

"这个人的作风和别人不同，他不打麻将，不抽火烟，不嫖女人，有两次我们到会馆去，问他看中哪个姑娘，他总推说身体有病走了。象他这样的人，在特务中间太少了。"秦伯衡振振有词地说。

"你就根据这些怀疑他？"山本问道，"秦先生，你是不是太敏感了？"

"不是我敏感，是他的行动叫人值得怀疑。"秦伯衡说。"我已经注意他多时，林洪洲经常到东都去。东都是共产党鲁中军区敌工部长王芳的家乡，林洪洲到东都去，很可能是和王芳进行联系。"

"你是说王芳也回到东都来？"山本问。

"王芳想什么时候回东都就什么时候回来，那太容易了。"秦伯衡不慌不忙地说："据我了解，王芳的老婆最近生了孩子，王芳不回东都，这孩子哪里来?"

"狡猾狡猾的!"山本沉吟着，他相信了，说："好，把林洪洲抓到济南来，我要亲自审问他!"

林洪洲入狱的第二天，敌人提审了他。

他走进一间空荡荡的房间，几个膀粗腰圆的日本兵站在那里，林洪洲一个也不认识。其中一个走到他的面前，恶狠狠地说："林洪洲，你私通八路!"

"我没有私通八路!"

林洪洲的话音未落，那家伙照准他的脸猛击一拳，顿时血流满面。其余几个日本兵疯狗似的蹿上来，一阵拳打脚踢，把林洪洲打倒在地。

"你说不说? 你说!"日本兵吼着。

"我没有什么说的。"林洪洲回答。

又是一阵拳打脚踢。林洪洲被打得在地上乱滚。

几个日本兵拉他起来，把他绑在一张特制的长凳上。林洪洲知道要给他灌冷水，便紧闭两眼，打定主意不招供。敌人撬开他的嘴，一瓢一瓢地往他嘴里灌着冰凉的水。他虽然本能地抵抗，往外吐着喷着水，但是冷水仍源源不断地顺着食道流入他的胃部。开始时他觉得目眩耳鸣，头疼欲裂；后来渐渐视听模糊，神志恍惚；最后完全昏迷过去，什么也不知道了。

他发觉自己躺在牢房的秫秸杆上，难友们都是眼巴巴地围着他，说："终于醒过来了！"他却象得了一场大病似的浑身软成一滩泥，连说话的力气都没有。

第三天下午，妻子亓仲莲来了，给林洪洲送来两件换洗衣服和两包香烟。她一见他遍体鳞伤的样子就哭了，林洪洲对她说："别难过，有眼泪也别在这儿流！"她懂事地点点头，说："王先生知道了，他叫我告诉你，多多保重身体！"林洪洲知道"王先生"就是王芳，他从心底感激党组织对自己的关怀。他也嘱咐妻子尽快回大汶口去，不要在济南呆着，自己没有做什么错事，问题不大的。亓仲莲在铁栏杆外站了好一阵，才依依不舍地离开。

两天以后，日军济南宪兵队长山本中校亲自审问了林洪洲。

林洪洲走进楼上一间办公室，山本和翻译坐在那里，见他进来，山本说："林先生，委屈你了，请坐！我问你，你要老实交代，你和共产党、八路军有哪些联系？"

"我和共产党、八路军没有任何联系。"林洪洲回答。

"据我们了解，你同共产党、八路军有来往，你到他们的根据地去过吗？"山本又问。

"去过。"林洪洲点点头说，"不过，那是你们叫我去的。是山田参谋长交代的任务，叫我带了他给的东西到那边去交朋友，建立联系，然后从中了解八路军的情况。山田参谋长虽然已经回东京，但是浅石先生还在，他也知道这事，你们可以向他了解，我说的是不是实话。"

林洪洲说得有根有据，山本将信将疑，但是马上又问："你经常到东都去，是不是和王芳联系？"

"东都是皇军占的地方，我去东都怎么和王芳联系？"林洪洲说，"我每次去东都，都是为了侦察八路军的情况。有一次和高桥先生一起去的，从东都回来，差一点遭八路军游击队的袭击，请山本先生问问高桥先生，就知道我林洪洲当时的表现了。"

"你放心，我们会了解的。"山本说。"东都是王芳的老家，那里有他的人，为什么不找你的麻烦？"

"不是他们不想找我的麻烦，是我不让他们找我的麻烦。我也很想找王芳的麻烦，可是十分遗憾，到现在还没有做到。"

"王芳的哥哥王春凤不就住在东都？"

"1480 的向出先生曾对我说过，暂时不要动王春凤，而且让他干副镇长，这样来麻痹王芳，将来好逮住王芳。我认为向出先生的想法很对，所以我去东都以后，有时和王春凤还有点接触。"

山本见林洪洲说得句句在理，态度便缓和下来，说："有人反映你这个人与众不同，不知道你干特务图个什么，政治背景值得怀疑，所以要……"

"所以要关起来审查我，是吗？"林洪洲接过去说。"我不吃喝嫖赌，不敲榨勒索，忠心耿耿为大日本皇军效力，难道倒有罪了？我知道是什么人在背后搞我的鬼！"

"你知道是谁？"

"秦伯衡这老家伙就不是东西，肯定是他搞的鬼！"林洪洲见时机已到，便决定主动出击，以攻为守："其实，他自己是什么人，他的政治背景怎样，倒是值得好好审查的。过去他经常在别人面前散布谣言，说我从不吃喝嫖赌，象个清教徒，象个共产党。我曾经对他说，要想搞共产党的情报就得学学共产党的那一套，不然你就会变成聋子瞎子，啥情况也了解不到。如果我到哪里都横行霸道，无恶不作，老百姓吓得躲得远远的，我还能搞到情报吗？秦伯衡自己搞不到什么情报，又不准别人搞到情报，他才是别有用心呢！"

林洪洲振振有词地说着。山本很认真很耐心地听了下来，有时还微微点头。显然，他对有人愿意忠心耿耿地为皇军效劳，是非常欢迎非常赏识的。最后，他几乎是用一种安慰的口吻说："林先生，你不要着急，我们会把事情弄清清楚的。"

山本亲自审问以后，林洪洲的待遇有了改善，不仅允许他外出看病，一日三餐的饭食也和别的犯人有所不不同。林洪洲分析，他对山本的对答产生了积极的效果，估计自己出去的日子不会长久了。同室的难友都祝贺他交好运，将很快获得自由。恒泰粮店的赵掌柜说："林先生，我也快出去了，花了几百斤小米，破财消灾，值！你以后常到小号里坐坐，咱们也算是患难之交。"

"对，患难之交最可贵！今后一定去看你。"林洪洲说。

果然，过了几天，日军宪兵队就通知林洪洲搬出牢房，到外面住。

晚上，山本中校特意请林洪洲吃饭，以示歉意。大家落座以后，山本端着酒杯说："林先生，我们对你有点误会，让你受了几天委屈，实在对不起，请你多多原谅！"

"山本先生，我要向你请假，允许我回家当老百姓，这个差使我再也不想干了。"林洪洲说。

"为什么呢？你不能原谅吗？"山本问。

"不是，是我干不了。"林洪洲说，"我跟你说实话，国民党的手段毒辣，共产党也不善，我给皇军干事，他们都恨死我，要想方设法整我，挑拨离间是他们惯用的伎俩，你们却一听就信，根本不信任我，我还有什么干头？"

"我刚才说了，这是一场误会，事情已经过去，不要再说了。"山本又端起酒杯说："林先生，咱们还是好朋友，为友谊干杯！"

林洪洲举杯一饮而尽，借着酒气发牢骚说："哈哈，我忠心耿耿为你们干，可差点儿掉了脑袋！"

"别说了。你为皇军办了事，我们不会忘记的。今后你还要好好地干。"山本说。

"山本先生，看在你的面上，我干，好好地干！"林洪洲喝一大口酒说。

第十四章　东都被刺

　　林洪洲获释后，恨不得连夜赶回大汶口去，好让家里的人放心，可是山本队长却要请他吃饭，吃完饭又说第二天要谈工作，他只得耐心等着。

　　林洪洲没有想到山本谈的"工作"是要他再去一次东都。他一听就为难地说："还要我去东都？那可是个是非之地，王芳的家乡我再也不去了。"

　　"你怕什么？是我叫你去的，执行一项重要任务。"山本说。

　　什么任务呢？山本说，他得到一个非常可靠的情报，有人从安徽阜阳往和平军王立庆部队送一部电台，派了三个人，将于近日夜间经过东都，让林洪洲尽快赶到东都去等候，把电台截下来。

　　林洪洲寻思，这任务并不复杂，交给任何一个人都能够完成，山本为什么非要他去不可呢？从表面上看，表示了对林洪洲的信任。过去由于怀疑林洪洲去东都同共产党、八路军有联系，现在误会消失了，仍旧派他去东都，岂不是表示对他的信任？然而，可能还有更深一层的原因，也是对林洪洲的一次实际考验，故意让他去东都，看他到底和共产党、八路军有没有联系。山本的这一做法，可谓一箭双雕，用心不谓不苦矣。林洪洲沉思良久。觉得坚决拒绝反会引起山本的怀疑，便答应下来，说："山本先生，我答应你，再去东都跑一趟吧！"

林洪洲赶回大汶口，突然出现在妻子亓仲莲的面前时，她又惊又喜，不住地拭泪。林洪洲安慰她说："别难过，我不是回来了吗？快去把老马他们叫来。"

马法尊、侯希仉、韩日生等很快跑来了，见面时都关切地问林洪洲在狱中受苦的情形，他简单地说了几句，接着便谈了山本交代的新任务。大家沉思了一会，一致认为只要山本的情报准确，完成任务并不困难，但此去尽量少和王春凤等人接近。说不定山本派人暗中监视着哩。

第二天，林洪洲和侯希仉两人赶往东都。

东都是个方圆几十里内比较繁华热闹的大镇，四周筑有一人多高的寨墙，有东西南北四个寨门，两条东西、南北大道从镇中央交叉通过，形成了闹区的十字路口，不知什么年代人们在那里建了一座小土地庙，虽然年久失修，衰败不堪，可是仍不时有人送上一副香烛，祈求土地爷、土地奶保佑平安。

这天下午，林洪洲穿过十字路口，经过小土地庙，向西关走去。因为，王立庆部队驻扎在汶南附近，从阜阳去汶南，很可能从西门进，穿镇而过，再出东门，他和侯希仉分工是一个守西门，一个守东门，以保万无一失。林洪洲去西关，便是察看那里的地形，以便夜间在那里设伏等候。

太阳已经西斜，风很大，春寒料峭。林洪洲爬上西门的寨墙高处，向西望去，见大路两边的这一头有几户人家，远处便是空旷的麦田，麦苗虽然开始返青，但是还没有完全遮盖住裸露的黄土地。他又转身向寨门里面看，鳞次栉比的瓦房夹着一条窄长的街道，街道上有零星的行人，每所瓦房的后院，晾晒着衣服，堆放着杂物，真是琳琅满目，一览无余。林洪洲心想，如果堵截护送电台的人，只有放他们进了西门，到时再关门打狗，他们就无法逃匿了。

林洪洲在荒凉的寨墙上来回走着。脚下野草丛生，砖石遍地，还有几株矮小的杂树，虽开始发芽，还没有长出叶子来。他用脚步丈量着距离，心里默记着这里的一草一木、一沟一壑，以及一些明显的标志物。

他走了一阵，觉得有些累，便坐在一块大石头上，点燃了一支香烟，慢悠悠地吸起来。

他猛一回头，见北面寨墙上站着一个人，远远地盯着他。那人穿一身黑粗布裤褂。一手握一把铁粪叉子，一手提了一只粪篮子，象是外出拣粪的。林洪洲认识这个人，他姓王，和王芳同旅，但是小两辈，叫王春凤为"五爷"，叫王芳为"六爷"。他有三十来岁，没有成家，光棍一人，由于脾气比较倔，好与别人抬死杠，人们都叫他"老倔"，他的真名反倒被人遗忘了。林洪洲见他在寨墙那头走来走去，好象在寻找荒草里的狗屎，过了一会又朝这边看望，似乎对自己独自坐在这里感到十分好奇。由于两人相隔较远，林洪洲没有招呼他，对他也没有怎么在意。

夜晚，林洪洲和侯希仉离开了住地，分别去西门和东门。临走时他们相约，如果发现了情况，便打枪为号，以便相互支援。由于春夜寒冷，林洪洲身穿一件灰布大褂，脖子里还围一条毛线围巾，可是当他登上寨墙，夜风一吹，仍然冷得浑身打战。

林洪洲仰望天空，天空中繁星闪烁；遥望西面——送电台的人可能从那个方向来，只见黑沉沉一片，连一盏灯火都没有；身旁东都镇，白天喧嚣了一天，此刻逐渐安静下来，灯火零落，沉睡在浓重的黑暗中。林洪洲在下午坐过的那块大石头上坐下来，习惯地从口袋内掏出香烟，但想起烟的火光会暴露目标，只好又将香烟放入口袋。他摸摸腰间那支手枪，手枪挂得好好的，而且已经上了顶门火，紧急情况下是用得着的。

万籁俱寂，远处传来犬吠的声音。"哗啦"，象是石块滚动的声音，林洪洲马上站起身，问道："谁?"但回答他的只是夜的沉寂。他怀疑刚才自己听错了，或者野兔等小动物走动时发出的响声，所以就不再注意，重新坐到那块大石头上去。

离东都三华里的小张庄煤矿，上空一片通红的光，那是地上的灯光反射的。"呜呜——"，煤矿汽笛长鸣，林洪洲知道此刻已是半夜十二点钟，煤矿工人正在换班。一辆机车突然发出一声震耳的嘶叫，然后拉着列车向远方驶去，隆隆车轮滚动声很快消失在黑暗的夜空里。

林洪洲默默地坐着，凝视着天边的一颗亮晶晶的大星，不禁思潮起伏，浮想联翩。他想，此刻，在老家父亲、母亲已经上床睡觉，他们在睡梦中或许会见到自己哩！王部长和战友们这时在开会或是在行军，他们知道自己被敌人释放后，一定会感到欣慰的……想着想着，寒冷、困倦、疲惫一齐向他袭来。他觉得眼皮不听大脑的指挥，不由自主地闭下来。他揉一揉眼，站起身走两步，再重新坐下，尽量把眼睛瞪得大大的，不使自己在这荒凉的寨墙上瞌睡过去。

不知又过了多少时间，他的脑子有些发懵，忽听得身后窸窣作响，这声音由小而大，由远而近，他本能地感到有人从背后向他靠近，回头一看，果然见一个黑影正举起一根铁粪叉子向他猛扑过来。他没有来得及喊一声，只觉得头上重重地挨了一下，就失去知觉，人事不省了。

当他苏醒过来，感到浑身一阵剧烈的疼痛，闯进脑子的第一个意识是：我在什么地方？还活着吗？……他挣扎着想爬起来，却动弹不得，头部火辣辣地痛，用手一摸，满头满脸是粘糊糊的血，连脖子里的围巾也被鲜血浸湿，散发出一股浓烈的血腥味。这时候，林洪洲才意识到自己受了很重的伤，而且目前的处境十分危险。他伸手到腰间去掏手枪，可是手枪不见了。他抬起头看看，见刚才坐的那块大石头在他的高处有一丈多远，大概他被打以后从那里滚下来，手枪也同时失落了。

林洪洲意识到必须尽快离开这里。他不晓得打他的人是否走远，如果仍在附近，发现他又醒过来了，肯定是不会饶他的。他头部的伤口还在流血，失血太多也会危及生命。他拚尽全身的力气，慢慢地从地上爬起来，可是还没有站稳，又跌倒了。他喘息着，开始一点一点地往前爬行。

他知道，王芳的哥哥王春凤住在西街，离这里最近，他决定先爬到他那里去。

他一路爬着，一路淌着血，不知爬了多长时间，也不知歇了多少回……有时他觉得自己已经精疲力竭，要死在路上了，但是歇息了一阵，积聚了一点力气，又继续爬行。他估计快到王春凤的家了，但是爬了好久，仍看不见那漆黑的大门。

终于，两扇漆黑的大门出现在他的视线里，他使尽最后的一点力气爬到门前，艰难地站起身来，敲响了门环。

"谁?"里面传出王春凤的声音。

"五哥，快开门。"林洪洲说。

"你是谁?"王春凤又问。

"我是……林洪洲。"

大门"吱呀"一声打开了，王春凤伸头一看，见面前站着一个血人，大吃一惊，再仔细看，果然是林洪洲，赶紧上前扶住他，问:"怎么回事?"

"你赶快把我背到土地庙那里，然后去区政府报告，说我被打伤了。"林洪洲急促地说，"谁打的我，我也不知道，可能是敌人，也可能是自己人，现在闹不清楚，你也别问我，赶快把我背走。"

"你不进来歇着？"王春凤问。

"不，把我背到土地庙那里去，我离开以后，你把门口地上的血迹擦掉，不要说我先来找的你。"林洪洲说。

王春凤不敢耽误，赶紧回去穿上外衣，背起了林洪洲，一路小跑，来到十字路口的土地庙前，让他躺下以后，说："洪洲，你等着，我去叫人来。"

过了不久，王春凤领了区公所的三四个人慌慌张张地跑来了。其中一个叫王狗子的。用手电筒照了照，吃惊地说："这不是林洪洲吗？叫谁打成了这个模样？"

"还有气没有？"一个人蹲下身子，用手在林洪洲的鼻孔前试了试，说："气倒还有，可是伤不轻，恐怕活不成了。"

"这是报应，谁叫他当特务给日本人干事？咱们赶快走吧，找那些麻烦干吗？弄不好日本人会赖在咱们身上的。"这是王狗子的声音。

"不行！把他扔在这里，他会死的。"王春凤着急地说。

"死就死，关咱们什么事？要不干脆把他扔到枯井里去算了。"另一个人说。

"那怎么行？"王春凤说，"我们见到了不救他，将来日本人知道了，咱们不全都完了？赶快把他抬到区公所去！"

于是，几个人七手八脚地把林洪洲抬到区公所，放在一张空铺上。侯希仉闻讯从外面赶回来，俯身叫唤道："洪洲，洪洲，我是希仉，你觉得怎样？"

林洪洲睁开了眼，轻声说："希仉你来啦！"

"你别害怕，我们都在这里哩。天一亮，就送你到矿上医院去抢救。"侯希仉说。

"我的手枪没有了，可能掉在西门寨墙的一块大石头底下。"林洪洲吃力地说。

"我马上派人去找。"侯希仉说。

王春凤从家中找来一包朱砂，用白酒调匀，扶起林洪洲说："你把它喝下去，能止血。"果然，不大一会，林洪洲伤口的血止住不流了。

天渐渐亮了。区长任镇先打电话给小张庄煤矿的宪兵队，报告了夜间发生的事。

随着一阵汽车的马达声，日军宪兵队长大出带了五六个宪兵赶到东都区公所。他们跳下汽车，便派了警戒，如临大敌。其他人快步进了屋，看望受伤的林洪洲。

"谁是区长？"大出突然问。

"我，我是区长。"任镇先走上前去。

大出不问青红皂白，"砰砰"就是两记耳光，骂道："八格牙路！你们这里有八路，八路把林先生打成这个样子，你的该死！"

"是，是！"任镇先用手捂着脸颊，连声说道。

"大出先生，你过来，我有话和你说。"林洪洲支撑起身子说。"你别对任区长他们发火了，他们都不知情。这次肯定是八路军打的我，他们恨死我了。王芳的家就在东都，说不定是王芳派人打的。现在打我的人早已逃掉，你打任区长也没有用，打了半天，真八路打不到，打的尽是自己人。"

"林先生，你到东都来办事，山本队长给我打电话了，我们没有尽到责任，非常抱歉！"

大出的话，证实了林洪洲原先的猜测：山本派自己到东都来，并不放心，所以又给大出打了电话。要他监视林洪洲的行动。林洪洲朝大出点点头说："我自己太麻痹了。"

"没有关系，林先生，我们马上送你到煤矿医院去。"大出安慰说。

"谢谢！"林洪洲说。

临走时，大出又对任镇先说："任区长，你要尽快把凶手找出来，向我报告，不然的话，我要拿你是问！"

林洪洲被汽车拉到小张庄煤矿医院，医护人员立即清创止血，包扎伤口，进行救治。一个小时以后，他被推进了整洁、明亮的病房，一阵困倦袭来，他就昏昏沉沉地睡着了。

此刻，袭击林洪洲的人已经赶到李家楼子，向八路军泰宁军分区独立营作了报告。

那人正是那天下午林洪洲在寨墙上遇见的王老偎。

　　王老倔象许多中国老百姓一样，既仇恨侵略中国的日本鬼子，更仇恨那些出卖良心认贼作父的二鬼子——汉奸。他知道林洪洲是大特务，为日本人效劳的，所以他曾经对别人说："有朝一日他落到我的手里，我一铁粪叉子送他去见阎王！"那天下午他在寨墙上拣粪，无意中发现大特务林洪洲在那里走来走去寻找着什么，他心想：人们都说汉奸特务敲榨勒索发了财，是不是林洪洲要在寨墙根埋他的金银财宝？夜间，他又提了粪叉子来到这里，发现林洪洲独自一人坐在大石头上，一动也不动，似乎睡着了。一股复仇的怒火在他胸中燃起，他产生了要亲手惩治汉奸特务的强烈愿望，便蹑手蹑脚走过去，使尽全身力气，把铁粪叉子照准林洪洲的脑袋砸了下去……

　　王老倔连夜逃出东都，找到驻在李家楼子的八路军独立营，对范坤元营长说："我打死了一个大特务，他被我送去见阎王了！"

　　"你说的是谁呀！"范坤元营长莫名其妙，问。

　　"大特务林洪洲，这小子被我打死了。"王老倔笑嘻嘻地说。

　　"真的？你把林洪洲打死了？"范坤元高兴得跳起来，说："那太好了，你小子真勇敢，好样的！快说说，你是怎么把他打死的？"

　　王老倔便把来龙去脉叙说了一遍。很快，这一情况便原原本本反映到八路军鲁中军区的政治部，反映到敌工部长王芳那里。

王芳听说林洪洲遇害，大吃一惊，既悲伤又着急，只希望这消息是误传，不是真的。他连夜赶到李家楼子，找到王老倔，问："老倔，你怎么来啦？"

"六爷，我把大特务林洪洲打死啦！"王老倔说。

"你怎么把他打死的？"王芳着急地问。

"我用粪叉子打的。他半夜坐在寨墙上打盹，我一粪叉子就把他敲死了。"王老倔用手比划着说。

"你到底打死没有打死？"王芳追问。

"两粪叉砸下去。还有他好的？脑袋开了瓢！他肯定被我打死了。"王老倔绘声绘色地说。

"你看见他死了？"王芳反复地问。

"当然看见了，我见他象猪似的躺在那里，一动也不动，我才走的。如果我身上有把快刀，我会把他的脑袋割下来……"

"哎呀！老倔，你怎么随随便便就把他打死了呢！"王芳又气又急。终于不满地说。

"怎么啦？六爷，我把大汉奸、大特务打死了，为民除害，这不好吗？"老倔对王芳的态度感到吃惊，便问。

"好，好，你干得好……"

王芳只能这样说。他无法把事情的真相给王老倔说清楚。

但是，王芳并不死心，又派人到东都了解林洪洲的情况。直到打听的人回来说，王春凤亲口告诉他，那天夜里林洪洲确实被打伤了，伤得很重，但经抢救脱离危险，在小张庄煤矿医院住了四天以后，已送回大汶口家中休养了。

听到这个消息，王芳才松一口气，放下心来。

林洪洲在东都执行公务遇刺的消息，小张庄煤矿宪兵队长大出很快通过电话向济南宪兵队长山本中校作了报告。山本感到很震惊，指示大出组织煤矿医院认真抢救，同时深感内疚，觉得过去对林洪洲的怀疑太不应该了。他很快把特务秦伯衡找来，说："林洪洲在东都被人打伤，你知道吗？"

"我……不知道。"秦伯衡说。

"你说林洪洲同王芳有来往，为什么王芳要派人打死他？"山本问。

"这……是不是王芳派人打的？"秦伯衡慌乱地说。

"这……不是王芳派人打的，难道是我派人打的吗！"山本拍桌大怒，问："你为什么要攻击，陷害林洪洲？说！"

"我……"秦伯衡张口结舌，无言以对。

"你这个老家伙，良心大大的坏，你要破坏皇军的大东亚圣战，我岂能饶你！"山本咬牙切齿地说。

秦伯衡最后以诬告罪流放到东北去当劳工。当林洪洲象英雄似的回到济南，受到山本等人的欢迎时，秦伯衡却额头上烙上红印记，灰溜溜地离开了济南。他有个当特务的干儿子叫王玉坡的，一看情况不妙，怕受牵连，很快逃离济南，投奔了莱芜城外的土匪武装刘百戈的部队。

第十五章　逃出虎口

初夏的一个上午。晴空万里，太阳高照。虽然刚过端午节，干旱的天气却相当炎热了。

林洪洲骑一辆旧自行车出了莱芜城，到离城八华里的叶家庄去找一个名叫陈明芳的朋友。临走前，莱芜浅石洋行经理何玉倜说："乡下有刘百戈的土匪部队，你要当心点。"

"没有关系，他们只知道我是浅石洋行的职员。你们洋行的张会计不就是刘百戈的人吗？那天在洋行里打麻将，其中一个人就是刘百戈部队的区长，我们见面总打招呼的。"林洪洲说完，跨上自行车一溜烟地走了。

林洪洲到了叶家庄陈明芳的亲戚家里，问道："明芳来过吗？"他亲戚说："他前天来过，没有呆一会儿就走了。"又小声嘱咐林洪洲说："这里有刘百戈的人，你可要当心！"

"好，知道了。"林洪洲点点头，一屁股坐在炕沿上，解开衣襟，挥动蒲扇，接过主人递过来的茶水呷了一口，说："这天气好热啊！"

正喝着，这个村的村长跑来了。他朝林洪洲上下打量着，又鬼鬼祟祟把陈明芳的亲戚叫到一边，悄声问："这人是谁？"

"城里来找陈明芳的。他在洋行里干事。"陈明芳的亲戚回答说。

"他经常来？我怎么没有见过？"村长又问。

"他不经常来，有时候来。"陈明芳亲戚含糊地说。

村长没有再说什么，又把林洪洲盯了一眼，说"有事要办"就走了。陈明芳的亲戚却有些紧张不安，对林洪洲说："刚才来的是村长，问你从哪里来，干什么的，他可是刘百戈的狗腿子，你要提防着点。"

林洪洲笑笑，仍然没有在意。也许走路走得太热了，他索性把腰间那支手枪解下来，搁在炕席上，手里不停地扇着蒲扇。

突然，林洪洲发现有两支大枪从门外伸进来对准了他，同时，两个粗野的声音喝道："别动！"

两个穿便衣的武装人员跳到林洪洲的面前，横眉竖眼地命令他下炕。

"你们是哪一部分？是不是刘县长的人？"林洪洲边下炕边问。

"你别问是哪一部分的，赶快下来！"其中一个说。

"着急什么？"林洪洲故意磨蹭着考虑对策，并说："你们不是刘县长的人吗！你们只要是刘县长的人，我就不怕。我是真心拥护咱们刘县长的。"

"少罗嗦！赶快跟我们走！"一个便衣武装说。

"老总，你们要带林先生到哪里去？别误会，别误会，都是自己人。"陈明芳的亲戚着急了，连忙上来打劝。

"去你妈的！没有你的事。"两个便衣武装用枪档住陈明芳亲戚。

趁着混乱之际，林洪洲见墙边有一只泔水缸，便将身上的日军宪兵队发的证件偷偷地塞进泔水缸里，然后直起身来，装作没事似的说："没关系，没关系，我跟他们去一趟好了。"

一个便衣武装拿起炕上的手枪，同另一个便衣武装小声嘀咕了几句，便用枪押着林洪洲，喝道："走！跟我们走！"

走在路上，林洪洲紧张地思索着：怎样应付这次突然的被捕？如果见到了土匪头子刘百戈，应该怎样回答他的问话？

林洪洲知道，刘百戈是这一带的地头蛇，是个无恶不作罪行累累的匪首。他早年曾经加入中国共产党，后来叛变革命，投靠国民党山东省主席韩复榘，在莱芜、泰安一带肆意破坏中共地下组织，捕杀共产党人，两手沾满了革命人民的鲜血。抗日战争初期，他加入了国民党顽固派秦启荣的部队，担任莱芜县县长，八路军打开莱芜城，曾经将他活捉，但为了建立广泛的抗日民族统一战线，没有杀他，把他释放了。此人却恩将仇报，从此一心反共，把枪口对准了共产党、八路军，只要抓到了共产党员、八路军战士以及抗日政府的工作人员，有一个杀一个，而且大多活埋，手段十分残忍。他不仅不抗日，还和日寇、伪军明里来，暗里往，勾勾搭搭，狼狈为奸。前年他讨小老婆，公然在莱芜城里张灯结彩，设宴请客，日寇、伪军并没有抓他，有的还去送礼祝贺喝喜酒。八路军早就想打掉这个破坏抗战、专门反共的顽匪，由于他手下有一班熟悉当地情况能打会冲的匪徒，他自己又异常狡猾，警惕性很高，所以几次都没有得手。王芳曾经对林洪洲说过，要密切注意刘百戈和日寇暗中勾结互相配合破坏抗日斗争的情况，谁知任务没有完成，自己却先落于刘百戈的手巾，岂不倒霉？

两个便衣武装把林洪洲带到离叶家庄不远的姚家岭村，带进一个有着高大门楼的地主家。

林洪洲跨进门楼，便看见一个穿着中式白色裤褂的小个子男人当院坐着，一脸的横肉，粗眉毛，金鱼眼，两颊嵌着一颗颗大麻子，他正大腿跷着二腿在抽烟。林洪洲知道此人就是刘百戈，便走前几步主动打招呼道："刘县长！"

"刘县长"理也没有理他。一个便衣武装将林洪洲的手枪交给刘百戈，又在他的耳边说了几句，他才翻着白眼把林洪洲打量一番，阴阳怪气地问："你是什么人？"

"刘县长，我姓林，我叫林洪洲，在洋行里干事混碗饭吃。"林洪洲赶紧说。"刘县长叫我来有什么事吗？"

"你小子知道不知道我刘百戈是干什么的？"刘百戈问。

"我早知道刘县长，想找你刘县长来联系了。说心里话，刘县长我非常敬佩你，可是没有人引荐介绍，我也不敢来，今天你把我叫来了，我非常高兴。刘县长，你知道我给日本人干事，也是生活逼迫，不得已，自己的内心里非常苦恼……"

林洪洲的话没有说完，刘百戈突然跳起身来，"啪啪"打了他两记耳光，恶狠狠地骂道："他妈的，谁教你小子这一套的!"

"刘县长你叫不叫我说话?"林洪洲问。"你叫我说我就说，你不叫我说我不说好了。"

"啪啪"，又是两记耳光。

林洪洲用手捂着腮帮，低着脑袋，不再吭声。

"谁教你的?"刘百戈怒气冲冲地又问。

"没有人教我，我说的全是实话。"林洪洲答道。

"哼! 实话? 你骗日本人可以，骗我刘百戈还嫩点。"刘百戈冷笑一声问道："你到底是干什么的? 你这次出来干什么?"

"我在浅石洋行当个小职员，经常从城里出来做买卖，收购东西。"

"枪呢，你怎么会有枪?"刘百戈举起那支小手枪。

"洋行运货押车要用枪，我们洋行的职员都配了枪，每人一支，刘县长你要是不信可以去调查。"

"调查? 我调查你哩。"刘百戈盯着林洪洲说，"你同特务机关有什么关系?"

"我跟特务机关没有关系，我是干洋行的，只知道做买卖。"林洪洲说。

"我是问你同共产党、八路军的特务机关有什么关系?"刘百戈又问。

"我和共产党、八路军更没有什么关系了。"林洪洲很干脆地回答说。"今年春天我在东都差点被共产党整死，脑袋上至今还留下了伤痕。"

"你认识王玉坡吗？"刘百戈突然问。

"认识，他是日本特务秦伯衡的干儿子。"林洪洲这时才想起，秦伯衡发配东北当劳工后，据说他的干儿子投奔了刘百戈，这样说来，自己的日本特务身分他已很清楚，他所怀疑的只是自己和八路军的关系，这才是他审问自己的要害。

果然，刘百戈直截了当地说："王玉坡说你是八路军派到日本人那里的。"

"他是瞎说呢，受他干爹秦伯衡的影响。我和八路军没有任何关系。"

"你干过八路军吗？"

"干过。我在八路军部队里当过兵，精兵简政把我精减下来了，我有病。"林洪洲说："我保证和八路军没有关系。浅石洋行的人都知道，刘县长你可以去查。洋行里经常有你的人来来往往，我要是破坏你刘县长，什么时候都可以向日本人报告把他们抓起来，可是我不会那样干。我和你们的一区长一块打过牌，在一桌上吃过饭，我没有做对不起朋友的事。"

"谅你也不敢！"刘百戈突然一挥手说："把他押下去！"

两个便衣武装把林洪洲押走了。

第三天夜晚，刘百戈的队伍从姚家岭村移驻谷家台子。

半圆的月亮从东天升起，将银辉洒向静谧的村庄和田野。禾场上树影憧憧，人声喧杂。林洪洲被反绑着双臂，拴在一个石碾上。不大一会，刘百戈在几名卫士的簇拥下，缓步走来，到了林洪洲面前，停下脚步说："林洪洲，你交代不交代和共产党、八路军的关系？"

"我和共产党、八路军没有关系。"林洪洲仍是那句话。

"我叫你嘴硬！"

刘百戈一挥手，几个人一拥而上，将林洪洲放倒在地，用粗麻绳捆紧手脚，而后抬到井台上，将他倒悬在黑咕隆通的井筒子里。

"你说不说？"刘百戈站在井台上问。

林洪洲被倒悬着，只觉得全身的血液往脑袋里涌，脑袋胀得要炸裂，耳朵嗡嗡作响，隐隐约约听得有人在问："你和共产党、八路军有什么联系？说！快说！！"

林洪洲的身子逐渐往井里沉，他的神智也逐渐昏迷，以至完全失去了知觉。

林洪洲苏醒过来时，发现自己平躺在井台上，有人往自己头上浇冷水。他想叫他不要浇，竟说不出一个字来。天上的半个月亮很亮，他觉得月光是那样刺眼难受，不得不紧闭上双眼。

"林洪洲，你说不说？"仍是刘百戈嘶哑的嗓子。

"我是干洋行的，你叫我说啥？"林洪洲有气无力地回答。

"你和共产党有什么联系？给他们做了哪些事？你是怎样坑害秦伯衡的？……你统统给我写出来，不写不行！"

"我知道的我写，不知道的不能乱写。"林洪洲答道。

刘百戈说："好吧，把你知道的统统写出来！"

林洪洲被关在村头上的一家独立小院。三间坐北朝南的土屋，周围是两米来高的土墙，院内种了几株杏树，枝头已挂满了果子。几只母鸡，正在墙根觅食，不时发出咯咯的叫声。

林洪洲正趴在木凳上，吃力地写着刘百戈要他写的"材料"。他没有什么写的，只好把浅石洋行的业务情况写出来。

看守他的是个二十来岁的小伙子，敞着衣襟，抱着步枪，在地上铺了一张破席子，背靠着大门框坐在席上，大门是关上的。他见林洪洲低头写字，便问："你小子真是干洋行的？"

"我的确是干洋行的，真的假不了。"林洪洲一边低头写着，一边回答。

"你干洋行带枪干吗？这不惹出麻烦来啦！"小伙子说。

"是啊，跳进黄河也洗不清。"林洪洲说。

"不过，也不大碍事，刘县长对日本方面的人不会怎样，他主要是恨共产党。"

"我可不是共产党。"

"你是共产党就活不成啦！……"

林洪洲忽然听到鼾声，回头一看，见那个小伙子张着嘴巴，依在门框上睡着了。

"走!"一个念头跳进了林洪洲的脑子里。是啊，不趁着这家伙睡过去了赶快逃走，更待何时？机不可失，时不再来，坐失良机，将会懊悔莫及！

林洪洲的神经骤然紧张起来。他反复思索，衡量得失利害：跑，能不能跑得出去？如果逃跑不成，被他们抓回来，肯定没有命了。但是，如果不跑，王玉坡一口咬定林洪洲是八路军派过来的，刘百戈这个以反共灭共为己任的杀人不眨眼的魔王会放过自己吗？可能性很小，甚至可以说没有。与其束手待毙，何不冒险逃走？这样，他就下了马上就跑的决心。但是，往哪个方向跑呢？谷家台子离莱芜城有八华里，离最近的据点只有五华里，很轻松就能跑到，看来应该朝这个方向跑，可是，那据点是伪军的，伪军和刘百戈是穿连裆裤的一伙，跑到那里等于自投罗网，仍然逃脱不了刘百戈的魔掌。谷家台子的东北方向，公路上的芹村据点，离这里有十五华里，虽然距离远一些，但是能出人意外，往那儿跑反倒安全。

林洪洲站起身来，见看守他的家伙仍呼呼酣睡，便踮着脚尖走过去。大门是插上的，用手一顶，"咯噔"响了一声，门闩开了。他怕响声把那家伙惊醒，已作好应对的准备，说自己被尿憋坏了。要到院子里解手。可是那家伙睡得很死。根本没有醒，林洪洲便举起拳头，使尽浑身力气，照准他的脑门砸去，只听他哼了一声，就歪倒在地上，林洪洲又重重地击了几拳，估计他一时不会醒来才罢手。

林洪洲把他怀里的步枪拿过来，背在身上，窜到院里，见院墙很高，无法上去，便爬上墙边的一棵杏树，再跳到墙上。几只在墙根觅食的母鸡吓得咯咯叫着四散奔逃。林洪洲在墙上往四处观察了一下，没发现有人，便跳了下去。他把步枪从肩上摘下，拉开枪栓，推上子弹，握在手里，低头弯腰，顺着墙根向村外跑去。有两个老百姓刚从地里回来，见他提了枪飞奔，都吃惊地站在道边给他让路。他先是向村子的西北方向跑的，等跑出村子钻进了高粱地，才改向东北方向的芹村跑去。

自始至终，林洪洲没有发现有人追他，也没有听到枪声。

林洪洲一口气跑了十五华里，来到芹村的日军据点。日军哨兵见一个拿枪的人向据点跑来，大声喝道："站住！干什么的？"

"我是济南宪兵队的，我要见你们队长。"林洪洲答。

"不要动！"哨兵并不相信。

林洪洲赶紧把枪放下，说："我被刘百戈的队伍抓去了，刚逃跑出来的。"

哨兵让林洪洲进了据点。他对日军小队长说："请你给莱芜的小林队长打电话，我叫林洪洲，被刘百戈的队伍抓走跑回来的。"电话打过去以后，小林说："林洪洲是我们的人，你们要把他保护起来。"

当天晚上，林洪洲被护送回莱芜。

　　在回来的路上，林洪洲一直想着这次危险的遭遇，并认为刘百戈既然认定自己与共产党有关系，恐不会轻易罢休，他最方便的办法最厉害的手段是使日本人也怀疑自己，借刀杀人，因此决不能掉以轻心。林洪洲回到莱芜以后，向小林队长报告了从被抓到脱险的经过，并说："刘百戈这家伙心毒手狠，这次没有把我整死是不会甘心的，可能还会耍别的阴谋诡计。"

　　"什么阴谋诡计？"小林问。

　　"他的阴谋诡计多呢，比如造谣我和共产党、八路军有联系，甚至说我是共产党、八路军派来的，这叫挑拨离间，借刀杀人。"林洪洲说。

　　"林先生，你放心好了，我们不会相信的。"小林安慰他说。

　　果然，过了不久，莱芜警察局保安科向小林报告：林洪洲这个人不可靠，他和共产党、八路军有联系。小林一听火了，追问这话是哪些人说的，保安科不敢隐瞒，只有直说。小林一拍桌子说："这是刘百戈借刀杀人的把戏，你们要把制造谣言的人统统抓起来！"

　　有一天，莱芜浅石洋行的张会计突然跑到大汶口来找林洪洲，说："林先生，我有点事想同你谈谈。"

　　"什么事？你说吧！"林洪洲冷淡地说。

　　"你可能也知道，我和刘百戈是朋友，我这次是受他的委托来找你的。他对你很赏识，也很佩服，很想让你为他干事。

他说，要是你吃不了那样的苦，你可以继续留在城市里，明里给日本人干，暗里给他干。刘百戈本想同你当面谈的，可是你后来跑了，他给他的部下好一顿批评。"

张会计不提那次刘百戈捉自己的事犹罢，提起这事林洪洲便有气，他冷笑道："哼！刘百戈那次没有在井筒里把我整死就算好的啰。"

"那是误会，今后决不会发生这样的事了。"张会计连忙说。

"请你告诉刘县长，我不能到他那里去，日本人对我抠得很紧，知道我私自和刘县长来往会杀我头的。不过，常言道：不打不相识，不打不成交。我和刘县长总算认识了，希望今后多多关照，他若是有什么事情要我办，只要我能办的，我林某人一定效力！"

"那好，那好，我就这样回去和刘县长说了。"张会计连连点头，起身告辞。

莱芜浅石洋行的张会计第二次来找林洪洲，带来了一张刘百戈的委任状，委任林洪洲为津浦沿线政治大队长。但是，紧跟着何玉偶却专程赶到大汶口，对林洪洲说："你要小心，别上刘百戈的当。上次他没有杀掉你，反让你逃跑了，正恨得咬牙切齿呢！"

"他能拿我怎么着？"林洪洲问。

"我们公司的一个人悄悄告诉我，说张会计身上有一支无声手抢，是专门干暗杀用的。他还说，张会计可能要请你吃饭，吃饭时酒里下毒药，所以你千万别和他一起进饭馆。"

"这王八羔子，这么歹毒！"林洪洲骂了一句，又对何玉偁说："你放心，我不会上他的当的。"

果然，过了几天，张会计又从莱芜赶来，说要去济南办事，邀请林洪洲一同前往，还说要在济南的心中乐饭馆请他吃一顿哩。林洪洲心想：你真要对我下毒手啊，那我倒要看看你有多大本事，能搞些什么鬼名堂。于是，便和张会计一起坐上了去济南的火车。

他们到济南后，走进了心中乐饭馆。张会计让林洪洲点菜，要酒，林洪洲也不客气，点了几个名贵菜肴，要了一瓶芝景酒，便对酌起来。张会计喝了两杯，脸红红地说："酒逢知己千杯少，咱俩难得一起喝酒，你要看得起我，就开怀畅饮！"

林洪洲把杯子一推，笑笑说："对不起，我没有你那样的海量，你自个儿多喝吧！"

酒喝完了，饭也快吃完了，林洪洲仍不见张会计有什么异常的举动。他便故意离席，上了趟厕所，回来后站在桌子边，见桌上多了两只茶杯，已斟满了茶水。张会计说："喝点水吧，喝了水咱们再走。"

"我不渴，不想喝水，你要喝你喝吧！"林洪洲仍然站着。

"喝了酒吃了菜，怎么不喝口茶呢？喝吧，喝吧，少喝点也行。"

林洪洲见张会计劝喝水比劝喝酒还要殷勤，心中暗暗好笑，便说："好，我喝我喝。"说着便把张会计面前的那杯水端起来一饮而尽，而后把自己座上的那只茶杯放到他的面前，说："你也喝，喝了咱们一起走。"

张会计一惊，脸色顿时变了，连忙说："不，不，我不渴，我不喝了。"

林洪洲笑笑说："张会计，你怕什么呀！你自己倒的茶水总不会有毒吧！好吧，你既然不想喝，咱们就走！"

从饭馆出来，已九点多钟。济南街道上灯火闪烁，车来人往，似乎比白天还要热闹。张会计忽然说："咱们到大明湖去看看吧！我好久没有到大明湖了。"

"这么晚了，到大明湖去干什么？"林洪洲说。

"大明湖的夜景才美呢。你陪我去吧！现在时间还早，旅馆里吵得要命，十二点钟以前你就别想睡觉。"

林洪洲见他坚持要去大明湖，心想：难道你今天要一不做二不休，非把我整死不成？我倒要奉陪到底，看你还有什么鬼花招！便说："好吧！我陪你去大明湖。"

他们叫了两辆黄包车，直奔大明湖而来。

毕竟是夏天，虽然是夜间，大明湖边仍有不少人在纳凉散步。湖面上黑沉沉一片，近处有波光闪动，凉风从湖面上吹来，带几分湿润，使人感到惬意。他们两个开始在湖边走着，后来向游人稀少的树林走去。走着走着，林洪洲突然靠近了张会计，伸手把他腰间的手枪抓住，问："这是什么东西？"

"林先生，我忘记给你说了，我身上有一支手枪，这是刘百戈托我送给你的。"张会计惊慌地说。

"这手枪还是无声的吧！"林洪洲把手枪拿在手里，看了看说。

"是……是无声手枪。"

"去你妈的！谁信你的鬼话。"林洪洲猛地推了他一把说："张会计，我和你无冤无仇，你为何三番两次要对我下毒手？我要不是看你也是个中国人，现在就一枪毙了你！你给我滚，滚得远远的，让我永远也不要见到你！"

"林先生，你……你别……开枪……"张会计跌跌撞撞地朝前走着，头也不敢回，很快就消失在浓黑的夜色里。

第十六章　配合反攻

鲁中军区政治部敌工干事翟绍烈经常奉王芳之命，潜入大汶口，向林洪洲等人传达情况，交代任务，并将林洪洲等人了解的情报带回根据地去。

翟绍烈来到大汶口，一般都住在山西街的新泰洋行里。洋行的经理王安元、职员侯子录，都是中共党员。他们原来在新泰开洋行，林洪洲等来到大汶口以后，王芳便指示将洋行搬迁到大汶口，以便配合林洪洲等进行工作。为了避免引起敌人注意，林洪洲平时很少使用洋行这个联络点，甚至不大到这里来串门聊天。王安元和侯子录也难得到林洪洲那里去。只有翟绍烈从根据地来后，他们才有机会在这里秘密相会。

这是一个炎热的下午。在洋行后院的一间屋子里，刚从根据地来的翟绍烈正向林洪洲、马法尊、王安元等介绍国际国内形势，以及根据地的情况。

翟绍烈兴奋地说，世界反法西斯战争的最后胜利快要到了。1945 年 5 月初，苏联红军打进了德国的首都柏林，德国宣布无条件投降，欧洲战场的战争已经胜利结束。在亚洲、太平洋战场，美国军队已经攻占了菲律宾、硫磺岛和冲绳岛，离日本的本土越来越近了；侵略中国的日军在咱们抗日军民的反攻下，不得不收缩兵力，困守在大中城市、交通要道和沿海地区，已经面临崩溃的命运。所以，咱们党中央指出，目前已处在反法西斯战争最后胜利的前夜，各抗日根据地军民要从各方面做好大反攻的准备，为彻底打败日本侵略者而努力奋斗！

"太好了！天终于要亮了。"林洪洲和马法尊都兴高彩烈地说。

"对，黑暗即将过去，曙光就在前头。"翟绍烈点点头说，"不过，天亮之前大地会更加黑暗，王部长对大家很关心，希望你们在敌占区要提高警惕，千万不能麻痹大意。"

"根据地军民向敌人发起大反攻，我们怎样以实际行动相配合呢？"林洪洲问道，"王部长有没有什么具体任务交给我们？"

"我这次给你们带来一包反战同盟的宣传品，王部长说你们能不能想办法把它撒到鬼子的兵营里去？别小看了这些宣传品，它对广大人民群众能够鼓舞斗志，对敌人能够涣散它的军心，瓦解它的士气。"

"没有问题，我们保证把宣传品带进鬼子的兵营，甚至带到它的高级指挥机关里去。"林洪洲很有信心地说。

"再就是做争取伪军的工作。"翟绍烈又说，"守大汶口铁路桥的伪军中队里，有咱们军区敌工部联系的人。军区领导决定今后你同他们保持联系，在必要的时候采取断然措施，把这支部队拉过来。"

"这个人是谁?"林洪洲问。

"李玉如你认识吗?"翟绍烈说。

"李玉如我认识,他是伪军小队长,中尉,我们见面时总打招呼。"林洪洲说。

"据领导介绍,李玉如这个人比较可靠,他的哥哥就在咱们军区工作。李玉如有正义感,并且有一定的爱国思想,和中队长韩庆洲的矛盾比较深,这是他有可能起义反正的主要原因。你不妨先从侧面作些了解,或者直接接触一下,等时机成熟后我再来给你们作介绍。"翟绍烈说。

"好的,我们先处理那些宣传品,为咱们的军民大反攻造造舆论。"林洪洲说。

两天以后,林洪洲手里提了一个旅行包,包内装了反战同盟的宣传品,坐火车来到济南。他选择的第一个目标是日军山东部队参谋部。走进营区,见有许多工人在修缮房屋,人来人往,比较杂乱,他想这正是下手的好机会,便趁人不备,将传单放在伙房的门口,而后大模大样地到楼上去请示工作。等他第二天下午再次来到参谋部联系工作时,发觉这里的气氛同昨天完全不同,修缮房屋停工了,工人一个也不见了(他后来知道是在别处接受审查),大门口加派了岗哨,戒备森严。他知道是那些宣传品发挥了作用,不禁窃窃自喜。他进去以后,同有关部门联系完工作,正打算离开,特务课的一个军官把他叫去，问道："林先生，你昨天什么时候到参谋部来的？"

"下午两点多钟。"林洪洲回答。

"你一共来过几次？"特务课军官又问。

"昨天只来一次。怎么啦？你问这些干什么？"林洪洲故意不解地问。

"你看，我们这里发现了一些反对皇军的传单。"那军官说，"是谁带进来的呢？干活的中国工人能带这些东西进来吗？"

林洪洲发觉，对方虽然对自己盘问了两句，但并没有真正怀疑到自己头上，便放心了，说："这很难说啊，工人这样多，出来进去并不是次次都检查，怎能保证他们不会带这些东西进来？"

"是呀！"那军官说着，把传单往抽屉里一塞，无可奈何地摇摇头。

从日军参谋部出来，林洪洲去了大明湖。夏日的傍晚，湖滨游人络绎不绝。他在湖边柳荫下的几张长椅上放了一些宣传品，便悄然离去。他坐上一辆黄包车，赶到火车站，连夜就坐火车回了大汶口。

和林洪洲去济南同时，侯希仉带着宣传品去了泰安。他利用找熟人的机会，把传单带进了天水观的日军师团部，回来时又把传单放在泰安车站候车室的座椅上。

林洪洲和韩日生两人又坐车来到禹村，打算把传单撒在禹村到东都的铁路沿线。那天，林洪洲穿件背心，戴顶草帽，手里提只装宣传品的旅行包，象是个跑单帮做买卖的。他们刚进站，一个大烟鬼模样的穿铁路员工制服的家伙便拉住林洪洲问："喂！你是怎么进来的?"

"是弟兄把我送进来的。"林洪洲笑嘻嘻地说。

"带的什么?"那家伙指指林洪洲手里的旅行包。

"带了点烟土，俺们是做小买卖的。"林洪洲故意捉弄他。

"走走走，跟我走!"那家伙把林洪洲领进旁边的一间小屋，神气活现地问："怎么办?"

"你说怎么办?"林洪洲反问他。

"拿点好处吧!"那家伙毫不隐讳地说。

"多少?"

"五十块。"

"那请你打张收条。"

"他妈的！打什么收条? 你从哪儿学来的? 是不是从八路军那儿学来的?"那家伙恶狠狠地说："你们是干什么的?"

"我们是八路。"林洪洲笑笑说。

"啊！你们是八路?"那家伙叫起来。

林洪洲把手枪掏出来，对着他说："我们就是八路，你去报告吧!"

"不敢，不敢!"那家伙马上软了。

"发现八路军为什么不报告? 去报告!"林洪洲仍用枪逼

着他。

"不报告，不报告！"那家伙浑身发抖，牙齿打战，连声说。

这时，林洪洲又掏出证件来让他看，那是日军宪兵队签发的证件。那家伙更加吃惊：到底是八路军，还是宪兵队？他完全被搞糊涂了。站在门外的韩日生早已忍耐不住，一阵风冲进来，照准那家伙打了两记耳光，责问他："你一天要敲榨多少老百姓的钱财？"那家伙"扑通"一声跪在地上，哀求说："老爷，我下次再不敢做坏事了。"

林洪洲和韩日生提起旅行包了上火车。

列车开动以后，韩日生钻进车厢的厕所，从车窗里将传单撒向铁路沿线的车站、城镇和乡村……

撒完了反战同盟的传单，林洪洲就着手了解守卫大汶口铁路桥的部队情况。

他和侯希仉两人多次到实地进行观察。铁路桥的南北两头各有一座很牢固的炮楼，炮楼里住的是日军，白天日军的哨兵在桥头站岗，太阳落山后就撤到炮楼里，站在炮楼的顶上了望。一个中队的伪军配合日军守卫铁桥，所以铁桥两头也有伪军派出的哨兵。只是伪军住在离桥不远的村子里，所以夜间日军哨兵撤上炮楼以后，桥头就只剩下孤零零的伪军哨兵了。

守桥伪军中队长叫韩庆洲，过去当过土匪，是个老粗，大字识不了几个，作风粗野，性情暴躁，队里许多弟兄都怕他。他经常到大汶口来找商会会长杨之辉，杨会长就请他喝酒吃肉，每次都把他灌得醉熏熏，摇摇晃晃地回去。李玉如是韩庆洲的小队长，上过中学，有文化，工作也有能力。前段时间中队里没有副队长，要从本中队提拔，若论资历水平，李玉如认为这个中队副非他莫属。可是，公布的命令却出人意外，新任命的中队副是一个能力极差水平极低的人，由于他是韩庆洲的亲戚，会溜须拍马，所以得到韩庆洲的赏识和重用。从此，韩庆洲和李玉如两人的矛盾越来越尖锐，甚至经常在士兵面前发生冲突，闹得不可开交。

翟绍烈再次到大汶口来，便带李玉如来见林洪洲。李玉如非常高兴，握住林洪洲的手说："哎呀！林先生原来是自己人，早知道咱们联系就好了。"

"人们常说，相见恨晚。你们可是相见不相识，相识恨晚。"翟绍烈在一旁说。

"玉如，这可是要绝对保密的事，除了你知道，一定不要对第二个人说。"林洪洲嘱咐说。"过去咱们不太热，今后仍然保持这种不冷不热的关系。联系不可太多，关系不可太近，不然韩庆洲会发生怀疑。我看这家伙虽是老粗，心眼却挺鬼的。"

"对，那家伙可不是东西，咱们要防着他点。"李玉如说。

"你现在手下有几个人？"林洪洲问。

"有两个班长完全听我的指挥：一个是我的亲戚，另一个是我过去的勤务兵。这两个人没有一点问题，我叫他们向东他们决不会向西。只是三班长不大可靠，我对他没有完全的把握。"李玉如介绍说。

"这个三班长有什么特点?"林洪洲又问。

"三班长是个兵痞子,好吃好喝,有时还到农村里搞个破鞋。"李玉如说。

"他搞破鞋你就睁一只眼闭一只眼算了,不要去管他。他好吃好喝,你就尽可能满足他的要求,带他下馆子,请他吃请他喝,这样花不了几个钱。"林洪洲说。

"老林说得对。你要想方设法稳住他。"翟绍烈也说。

"我们什么时候行动?搞个多大规模的行动?"李玉如心急地问。

"这要看你的准备工作做得怎样了。"林洪洲说,"最好能够把鬼子的哨兵杀了,把大桥炸了,让铁路停运,你能做得到吗?"

"炸药从哪里来呢?别的好说,就是没有炸药。"李玉如提出了困难。

他们商量,炸药可以到煤矿去买。但是买了怎样运到大汶口,运到大汶口以后存放在什么地方……一系列的难题都无法解决。他们最后商定,还是尽量牢牢控制全队的人员,一旦时机成熟,就把他们拉出去,拉到抗日根据地去。

这次会面以后,林洪洲和李玉如表面上仍和过去一样,在暗中的联系就多了起来。李玉如把队里的情况及时向林洪洲报告。他说,三班长有一次喝醉了酒,打了一个士兵,这个士兵跑到韩庆洲的面前哭诉，韩庆洲火了，把三班长绑起来，说要枪毙他，李玉如赶忙去说情，说："中队长，三班长平时执行命令坚决，完成任务好，念他偶然贪杯，喝醉了才胡来的，你就饶恕他一次吧！"韩庆洲大着嗓门说："李队长，你别袒护你的下级，他哪里是偶然贪杯，他是个酒色之徒！"但是经李玉如请求，韩庆洲还是把三班长放了。从此以后，三班长对李玉如言听计从，甚至说："你就是叫我杀了韩庆洲，我也下得了手！"

又过了一段时间，李玉如告诉林洪洲，已经找到一个不为人们注意地点可以存放炸药，不过到煤矿去买炸药的事怎么办？林洪洲说："我想办法找人去买，问题不大。"李玉如兴奋地说，只要有了足够的炸药，就可以把铁路大桥送上天了，到那时咱们制造一起津浦铁路大爆炸的惊人事件，然后再把队伍拉上山去。林洪洲嘱咐说：事情一定要办得十分隐蔽、机密，决不能让日本人发觉，不然就难以下手了。

可是，天有不测风云，购买炸药包却突然出了事。那天，侯希仉的兄弟侯希诚从华峰煤矿一职员的手里，接过两个点心盒子，装作走亲戚的模样，到大汶口来。谁知在沈村附近，遇见几个保安队员，他们把枪一横，挡住了他的去路，问："干什么的？"

"到大汶口去看我姑姑，她病了。"侯希诚不慌不忙地说。

"手里拿的什么？"

"两盒点心。"

听说是点心，保安队员便想揩油，其中一个走过来一把夺了过来，提在手里觉得盒子很沉，不象是点心，便打开检查，竟是两盒黄色炸药。保安队员们大吃一惊，马上用枪对着侯希诚问："怎么回事？你说！"

"我也不知道咋回事。"侯希诚说："这两盒点心是我在一家小饭馆门口捡的，我以为是点心才提来了，我不知道是炸药。"

"他妈的！你这小子胡说八道！你是不是八路？"

"我不是八路，我这盒子真是捡来的……"侯希诚说。

"走！带走！"

这时，路过的老百姓围着看热闹，其中有个大汶口同仁药店的经理高健堂。原来，他的老家在沈村，这天他回家，正巧遇见侯希诚携带炸药被保安队检查出来。他知道道事关重大，不敢耽搁，立即返回大汶口，向林洪洲一五一十地作了报告。

林洪洲听说以后，吃了一惊，立即找侯希仉、马法尊来商量对策。马法尊主张出点钱，到沈村保安队去把人赎出来。侯希仉却说："这事好办，我去找泰安保安大队长张文雅，请他帮忙。"

"他愿意帮忙吗？"林洪洲问。

"没有问题，我们俩是拜把兄弟，我兄弟的事他能不管？"侯希仉很有把握地说。

其实，张文雅也是八路军敌工部派去的地下工作人员，共产党员，只是林洪洲同他没有发生关系，互相都不了解，直到1945年抗日战争胜利以后，才知道他的真实身份。当张文雅接到侯希仉的电话以后，立即向沈村的保安中队了解，对方在电话里说："大队长，我们抓到一个八路！"

"什么八路？小孩子贪便宜捡人家的东西。不知八路搞什么名堂，把炸药放在饭店门口，叫他捡着了。你们把人给我放了，炸药嘛，就送上来！"张文雅一副官长作指示的腔调。

"是！我们一定照办！"

侯希诚很快被放了回来，但是炸药却已失去，爆炸铁路桥的事不得不暂时搁置起来。

正在这时，日本帝国主义宣布无条件投降，历尽艰辛苦难的抗日战争终于胜利结束了。

胜利来得多么不容易，又多么突然啊！

形势发生了急剧的变化，工作必须作相应的调整。林洪洲根据领导上的指示，通知李玉如：由于情况变化，停止执行炸桥计划，把全队人员尽快拉到根据地去。

9月中旬的一个夜晚，下着濛濛细雨，天黑得伸手不见五指。李玉如通知全队人员携带全副武器装备，集合出发，执行紧急任务。他们悄悄地离开驻地，韩庆洲竟蒙在鼓里，一点都没有发觉。起义队伍经过铁路大桥附近，炮楼上的日军哨兵突然问："干什么的？"

"执行任务！"一名班长大声回答。

"执行什么任务？不准动，你们再走就要开枪了。"是日军翻译的声音。

"你管得着老子吗？小日本已经投降了，快滚回老家去吧！"三班长突然叫骂起来。

"砰！"炮楼上的日军开枪了。

"砰！砰！"李玉如小队的人员也向炮楼还击。

起义队伍仍在快速地行进。

他们越过铁路。进入田间的小道，很快脱离了危险区。忽听得韩庆洲的大嗓门在远处吆喝："你们上哪儿去？快给我回来！统统给我回来！"接着就是一阵密集的枪声。这鞭炮似的枪声，象是在欢送他们，又象是庆祝他们起义取得了胜利。

李玉如小队当晚就进入了根据地。泰安的武工队在半路上迎接他们，一直把他们引导到预定的目的地。

第十七章　撤出以后

日本宣布无条件投降以后，山东的形势发生了急剧的变化。山东国民党省政府主席何思源，在日伪军的保护下进入了济南。他一进城就请日军"就地驻防，加强防备"，同时将山东所有的伪军都收编为国民党部队。于是，厉文礼成为"潍县地区先遣司令"；张步云成为"胶南边防司令"；张天佐成为"胶济路警备司令"；吴化文的伪军第三方面军也奉命经泰安南下改编，他又摇身一变为国民党军的八十四师师长……几乎所有的汉奸都成了国民党的"地下工作人员"。蒋、日、伪这三股力量完全合流了。

在大汶口，日军仍然戒备森严，一些汉奸沉默了几天以后又突然活跃起来。在这种情况下，林洪洲多么焦急地等待着上级的指示呀！

一天，军区敌工部的工作人员小曲突然来到大汶口，找到了林洪洲。小曲说，是翟绍烈派他来的，军区领导叫林洪洲撤出，马上撤回根据地去。

撤回根据地去，这是林洪洲早也盼望晚也盼望的。他早就想离开这个豺狼当道的鬼地方，回到充满了阳光和自由，洋溢着欢笑和歌声的根据地去。如今这喜讯终于被盼来了，他怎能不欣喜万分呢？他问小曲："是我一个人撤，还是全体都撤？"

"全部撤出。"小曲说，"不过，你先回去向首长汇报，他们过几天再离开。"

"那太好啦！"林洪洲高兴得几乎跳起来，他想了一下又说："我们还有一个人在济南没有回来呢。"

"想办法通知他，让他尽快回来，准备撤出。走的时候把枪支带走就行了，其他东西可以不带。"小曲说。

林洪洲立即把马法尊、侯希仉、韩日生等叫来，传达了军区领导的指示，确定林洪洲先随小曲回根据地，其他人暂时在这里待命，等待撤出的通知。

第二天，林洪洲和小曲两人悄悄地离开了大汶口，向徂徕山的茅茨走去。据小曲说，翟绍烈在那里等候他们，会合以后，再一起回军区敌工部。可是他俩到那里一看，翟绍烈已经离开，天色已晚，只得在茅茨住下。

林洪洲穿一身细洋布衣服，留着分头，和根据地老百姓穿的黑布衣服形成鲜明对照，人们从他的穿着打扮上就看出他是从沦陷区来的。假如不是小曲出示军区敌工部的证明，老百姓非把林洪洲当汉奸捉起来不可。现在小曲有路条，说明是自己人，但一些人仍然象看猴似的，围着林洪洲看新鲜稀奇，有的还在背后指指戳戳，吱吱喳喳地议论，弄得林洪洲怪不自在的。

当时，军区机关住在莱芜的安仙煤矿，离茅茨有一百多里路，没有任何车子可乘。只有开动两条腿步行。林洪洲说："走就走，怕什么？想当初自己在八路军当兵，哪天行军不是百儿八十里？"

两人一大早就出发了。一路上，经常有民兵查路条，小曲出示证明以后，均顺利通过。中午，经过莱芜城。抗日战争胜利以后，莱芜回到人民的手里，市面上百业兴旺，繁荣稳定，一片欣欣向荣的景象。他俩正走在大街上，迎面遇见莱芜县公安局侦察股的田股长。他过去也在四支队呆过，和林洪洲熟悉，一见面就说："啊呀！你不是小郭吗？"

"是啊，老田，好几年不见了。"林洪洲笑道。

"这些年你干吗去了？有的说你逃跑了，有的说你牺牲了，有的说你当了汉奸，你到底到哪里去了？"田股长心直口快地问。

林洪洲平静地笑笑，说："你说我干吗去啦，当了汉奸还能这样？"

"是啊，那尽是人们瞎说。"田股长也笑了，可仍上下打量着林洪洲并问："你干地下工作了？"

"别管干什么工作，还不是为党作贡献，为人民服务！"林洪洲没有正面回答。

"你现在上哪儿去？是到军区去？"田股长又问。

"是，他带我去军区。"林洪洲点点头，又指指身旁的小曲。

"好，今天咱们这里碰见也算是有缘，我要请你们吃饭。我身上没有多少钱，咱们到小铺子喝上一盅，也表示我的一点意思。"田股长热情地说。

"好吧！恭敬不如从命，我听你的。"林洪洲见到了吃中饭的时间，也就没有推辞。

他们走进一家小饭馆，坐下以后，田股长点了几个家常菜，要了一瓶白酒，三个人便边喝边聊起来。

"你这次出去有几年了吧?"田股长喝一口酒，问道。

"我是1941年冬天出去的，一晃就三四年了。"林洪洲回答。

"在哪些地方活动?"

"泰安、大汶口，过去莱芜也常来。"

"在沦陷区活动，和鬼子打交道，挺危险的吧?"

"危险当然危险，但主要是别扭，不象在咱们根据地，你想笑就笑，想说就说，想唱就唱，自由自在，有多开心！在那里要戴着假面具做人，心里想的嘴不能说出来，嘴里说的又不是心里想的，你说这有多么难受呀！"

"是啊！俗话说：见面要装三分假，逢人不掏一片心。这就是干地下工作的处境。"

"……"

由于林洪洲和小曲下午还要赶路，所以"宴请"不得不尽快结束。田股长不无遗憾地说："小郭，这次太简单了，不成敬意。过去咱们尽在山沟沟里转，现在进了城市了。等你到军区汇报完工作，没有事儿了，到莱芜城里来住上几天，咱们好好唠唠。"

林洪洲一再表示感谢，两人才依依惜别。

傍晚，林洪洲和小曲来到了军区机关驻地安仙煤矿。虽然走了上百里路，已经精疲力竭，但林洪洲仍十分兴奋激动。象离家多年的游子回到了家里一样，长年脱离组织打入敌人内部的他终于又扑进了党的怀抱，他的心怎能平静得下来？他大步流星地奔向敌工部的大门，迎面遇见的正是王芳，他高声说："王部长，我回来了！"

王芳却愣住了，问："你怎么回来啦？"

"不是你通知我回来的吗？"林洪洲觉得王芳问得奇怪。

"哎呀！不叫你回来，叫你出来谈谈情况，还要回去的。"王芳说。

"我不知道，只说叫我们撤，全部撤出来，让我先回来汇报，到茅茨那里找不见人，小曲就带我回到这里来了。"林洪洲说。

"快进屋，快进屋！"王芳连忙把林洪洲带到房子里，又嘱咐说："你别出去，也不要上街，叫通讯员给你打饭送水，你就老老实实呆着，关你两天禁闭。"

"为什么？"林洪洲疑惑地问。

"你还得回去，要保密！"王芳说，"小日本投降后，蒋汪合流，抢占抗战胜利果实，千方百计排斥、限制共产党和它领导的八路军新四军，内战肯定要爆发。组织上决定你还留在敌占区工作，长期隐蔽下来。"

林洪洲没有料到会有这样的结果，感到大失所望，问："我还回得去吗？"

"怎么回不去？"王芳问，"你这次出来遇到什么熟人没有？"

"在莱芜城里遇到县公安局的侦察股长，他请我们吃了一顿饭。"林洪洲说。

"还有什么人知道你回来了？"王芳又问。

"经过我家附近时，我找人给家里送过一封信，说我回来了。"

"啊，你又是吃饭又是送信，影响够大的啦！"王芳着急地说。"不过，你还得回去。"

"我怎么回去？"林洪洲问。

"你就说给八路军抓了去，后来你又逃跑出来，就这样去向他们报告。"王芳说。

"向谁报告？"

"鬼子！你去向鬼子报告。"王芳想了一下又说："你最好去济南，在大城市里埋伏下来。"

林洪洲虽然一百个不愿意离开根据地，重新回到敌占区去，但是不得不服从上级的命令。他足不出户，在王芳指定的屋里呆了一天一夜，第二天天一黑，王芳就派军区政治部干事李大同送他离开安仙，前往泰安去了。

军区机关为了掩护林洪洲重返敌占区，继续从事隐蔽战线的工作，采取了两项小小的但对当事人来说却颇有份量的措施：

一是派一名干部到林洪洲家的村子，找到农会干部说，你们村上某某的儿子郭善堂是叛徒、特务，当了好几年的汉奸，好不容易把他抓住，结果又让他跑了。今后你们发现他回家来，一定要把他捉住，送回部队，决不能再让他逍遥法外。

二是由军区保卫部派人来到莱芜县公安局，说郭善堂又名林洪洲是汉奸、特务，我们抓到他又逃跑了。据了解你们的侦察股长还请他吃饭，简直是敌我不分，严重丧失阶级立场。公安局长马上报告县委书记。县委书记拍桌大怒：混账，开会叫他检查！结果田股长哭着鼻子一遍又一遍地作检讨，最后总算勉强过了关，可是侦察股长的职务却被撤掉了。

对于这些情况，林洪洲当然一无所知。他先到泰安的杏叶村，而后赶往济南。这时火车已经不通，只有靠两条腿步行。过去坐火车一个多小时的路程，结果他走了两天，最后来到离济南二十余里的仲宫柳堡，见到了中共济南市委书记张经华。

张经华看了鲁中军区写的介绍信，对林洪洲说："你回不去了。济南城里到处贴了逮捕大汉奸特务林洪洲的通缉令，你进去太危险了。"

林洪洲说："张书记，不是我自己想进去，是军区首长叫我进去，我只有服从命令。"

张经华说："你进去看看吧，实在不行就出来。"

一天傍晚，林洪洲混在人群中进了城。他来到十二马路，找到开油栈的朋友张镇纪。见面时，张镇纪惊奇地说："你怎么来啦？外面风声紧得很，到处贴了布告，还画了漫画，说要抓日本大特务罪大恶极的林洪洲，你看见没有？"

林洪洲笑笑说："看见了。那漫画画得一点也不像我，人们根据漫画上的模样，肯定认不出我来。"

张镇纪却郑重地说："那你不可大意！"

有一天晚上，他们两人在二大马路纬四路的一家小饭馆吃饭，意外地遇见一个外号叫"坏孩子"的日本特务。那家伙摇摇晃晃走进来，一眼就认出了林洪洲，说："哎呀！这不是洪洲吗？你干吗去了，好些日子不见你了。"

"到北平去了。"林洪洲说。

"怎么回来的？"坏孩子"坐下问。

"坐火车。"

"火车通吗？"

"坐一段走一段呗。"

"瞎说。人家说你干这个去了。"坏孩子"用大拇指和食指做了个"八"字，意思是说林洪洲干八路军去了。

"胡说八道。我跑到那儿去干什么？他们能饶得了我？我才没有那样傻呢！"林洪洲竭力辩白，坚决否认。

"告诉你，我现在已经有事做了，在李延年司令部工作。""坏孩子"洋洋得意地说。

"噢！那不错。你能不能给我介绍介绍？"林洪洲问。

"以后再说。你住在哪里？"

"还没有定呢，看哪儿有空就住在哪儿。"林洪洲含糊地说。

"哈哈！当心点，现在要逮你呢，李延年要逮你这个大特务！""坏孩子"的粗嗓门，引得其他顾客都投来惊奇、警惕的目光。

从小饭馆出来，林洪洲觉得自己不宜继续留在济南。"坏孩子"现在已经成了国民党的特务，他肯定会向李延年司令部告密的。他决定连夜出城，返回仲宫柳堡。

林洪洲再次见到中共济南市委书记张经华。张经华说："怎么样，我说你回不去了，你信了吧！"

"张书记，你给我写个证明吧，就说我已经无法回济南，我也好向军区首长报告。"林洪洲说。

"我只能写济南城里敌人通缉你的证明，别的证明我不好写。"张经华说。

"好，你写吧！"

林洪洲怀里揣着张经华写的证明，又风尘仆仆地上路了。

晓行夜宿，经过几天跋涉，林洪洲终于进入莱芜县境。当他走到离他家只有十几里的孟家庄时，决定去看看住在这个村里的亲戚。真是无巧不成书，他刚跨进亲戚家的门，迎面就看见了自己的父亲。

林洪洲还是 1940 年回过一趟家，以后一直没有回去。四五年不见，父亲苍老多了，一见面就老泪纵横，哭了起来："四喜啊，你到底咋搞的呀！为了你，家里挨了斗，要扫地出门，还叫拿出两千斤粮食。家里哪有那么多粮？这不，我到这里来借粮食哩。"

"为了啥？"林洪洲莫名其妙。

"说你是叛徒、汉奸、特务，还说逮住你你又逃跑了，你到底是八路军还是叛徒？怎么回事呀！"父亲着急地说。

"爹，你老别急，也别害怕，我不是叛徒，我没有做对不起党对不起人民的事，政府会慢慢了解的。"林洪洲安慰道。

"那你回去说说。你哥正在农会挨斗哩。"父亲说。

"爹，我不能回去，群众正开斗争会，在火头上，我回去不好。"林洪洲说。

"你既然不是叛徒，不是汉奸特务，为啥不能回去说说？"林洪洲的父亲想不通，生气地说。"人正不怕影子歪，咱光明正大，怕些啥？"

"我是说现在不能回去，等他们开完斗争会我再回去。"

"那你去同区里的公安员说说总行吧。"林洪洲父亲几乎是央求的口气。

林洪洲完全理解父亲的心情：尽早洗清蒙在头上的不白之冤，起码不再受挨斗争之苦，这也是最起码的要求呀。林洪洲考虑了一下，决定随父亲去区政府，把真实情况向区公安员说清楚。

父子俩来到区政府。区公安员不在。他们找到了区委书记谷乾。谷乾有三十来岁，穿一身灰布制服，白净面孔，眉清目秀，颇有点干部派头。林洪洲对他说："谷书记，我想和你说件事。"

"什么事？"谷乾冷冷地问。

林洪洲便把事情的经过从头至尾向区委书记说了一遍。

"是那么回事吗？"谷乾用明显不信任的口吻问。

"我是组织上派的，不是组织派的我能明目张胆地回来吗？"林洪洲虽然注意克制自己，仍然着急地说。"我说的话你不一定相信，不相信没有关系，你可以向军区作调查，看我说的是不是实话。"

"我哪有那么多时间？我要发动群众，要催缴公粮，要训练民兵……哪有时间去查问你的事？你去找区公安员吧！"谷乾的态度十分严肃。

林洪洲忍了又忍，说："好，我去找公安员，谷书记给我写个条吧！"

谷乾从抽屉里取出一张白纸，用铅笔写了这样几个字：

"兹有郭善堂同你面谈。谷乾。"写完后交给林洪洲，叫他们回去，说区公安员可能正在他们村上主持斗争会。

林洪洲和他父亲回到家，他母亲正在家里急得团团转，一见到林洪洲，就放声大哭，边哭边说："孩子啊，你怎么到现在才回来？咱家可遭了大难啦！"这时，村头大庙那里传来一阵阵开斗争会的口号声："打倒汉奸特务！""坦白从宽，抗拒从严！"林洪洲母亲说："你听听，那是正在斗争你哥呢。"林洪洲见此情景，也鼻子酸酸的，心里不是滋味，他没有料到家中会由于自己遭受这种屈辱，只得说："娘，别怕，我回来了就好了。"

林洪洲把区委书记谷乾写的条子，让一个十二三岁的本家侄子送给大庙会场上的区公安员。母亲也止住了哭，试泪说："我去给你们做饭，你们跑路都饿了吧！"

"妈，你别忙，我不饿。"林洪洲说。

"家里啥都没有，连个鸡蛋也没，做啥给你吃呢！"说着，母亲又流下泪来。

"有啥吃啥，这年月还要吃啥好的！"父亲抽着旱烟，说。

林洪洲正在劝慰父母，忽然从外面来了四个民兵，一人端一支土枪，进门就对着林洪洲："不要动！"

林洪洲只得一动不动地站着，问："你们要干吗？"

"你身上有枪没有？"一个民兵问道。

"有。"林洪洲用手指指腰间。

那民兵上前一步，伸手到林洪洲的腰间拔出手枪，翻来复去地看了又看，林洪洲不得不说："我的枪里上了顶门火，千万不要动！"可是那民兵却并不在意，还用手枪指着林洪洲说："走走走，上会场去！"

林洪洲的父母惊得目瞪口呆，站在那里一言不发，眼睁睁地看着刚到家连板凳还没有坐热的儿子被抓走了。

林洪洲来到村头的大庙，就象一滴水掉进沸腾的油锅，会场顿时炸开了。他还没有进去，就传来震耳欲聋的口号声："打倒叛徒郭善堂！""打倒大特务郭善堂！""郭善堂不低头认罪，就叫他灭亡！"……他跨进会场，只见一张张愤怒的面孔，无数双射着仇恨目光的眼睛，以及树林似的紧握拳头的手臂。一些青年人向他涌来，有人捅他一下，有人撕他的衣服，接着拳头雨点般向他劈头盖脸地砸来。林洪洲不得不赶紧用手臂捂住脑袋，大声说："乡亲们！我郭善堂该枪毙该杀头由政府来判，你们别打我，把我打死也没有用，你们把我送交政府去！"

"把他绑起来！"会场上有人大声说。

两个民兵用一条粗麻绳把林洪洲的两臂反绑着，捆得结结实实。

林洪洲用眼睛在会场里寻找熟悉的人。那些年纪较大的乡亲他都认识，他们的目光和他的目光一接触，又都迅速避开了。他还听人在他身后小声议论："他是特务吗？都解放了，他还带了枪回家来，特务可没有那样大的胆。"

　　这时，坐在主席台上的区公安员站起身来，大声说："乡亲们！我们的斗争会取得了很大的胜利。大特务郭善堂已经被我们捉到了，我们现在把他押送到区政府去！"

　　"好！"台下响起热烈的掌声。

　　于是，由十几个武装民兵押着，一些群众跟在后面敲锣打鼓喊口号，林洪洲被送到区政府。

　　林洪洲又见到区委书记谷乾。他把自己回家以后，如何把区委书记写的字条送给区公安员，以及区公安员如何派民兵把自己捉到会场斗争的经过，从头至尾说了一遍。

　　"是那么回事吗？"谷乾听完以后，仍是那么一句。

　　"谷书记，是不是这么回事，你可以了解，好多人都在这里，区公安员也快回来了。"林洪洲说。

　　"你拿了盒子枪到会场上去威胁群众，你为什么不讲？"谷乾突然问。

　　"是我拿了盒子枪去威胁群众，还是民兵拿了枪把我押到会场，你可以了解嘛。再说，我只有一支手枪，也没有盒子枪。你要是不信我的话，我也没有办法！"林洪洲说。

　　"我是听你的，还是听贫下中农的？"谷乾冷冷地说，"我只听贫下中农的！"

　　林洪洲瞪着这个官气十足的区委书记，牙齿咬得格格响，心里骂道："他奶奶的，滚你的蛋吧！"便把头一扭，不再同他说了。

谷乾也不知道该怎样发落林洪洲，对区委的王秘书说了一声："送县政府！"便甩手走了。

外面天色已黑，县政府离这里很远，林洪洲实在不想走这趟冤枉路，便对王秘书说："你这里能同军区机关通电话吗？你给他们打个电话，问问郭善堂到底是敌人还是自己人？"

王秘书倒比较通情达理，接受了林洪洲的意见，并且很快打通了电话。军区告诉他：郭善堂当然是自己人，你们不能斗争他。王秘书放下电话，马上对刚才押送林洪洲的人们说："老乡们！你们的任务完成了，回去吧！这事由政府来处理。"于是群众一哄而散。王秘书转身又对林洪洲说："对不起，这是一场误会，让你受委屈了。不过军区的意思叫你不要回去，要你仍旧回泰安去。"边说边将捆绑林洪洲的麻绳解开。

"王秘书，我能和军区通话吗？"林洪洲活动着麻木的双臂，问道。

"当然可以。"王秘书很快给他接通了电话。

林洪洲在电话上汇报了自己进济南的经过，说明自己已经无法再回去，请求允许他回到军区来。接电话的敌工部宋干事请示王芳后答复说："你先回来吧！"

林洪洲返回军区以后，首长根据他汇报的情况，同意他不再回去，但是考虑他对泰安一带的情况比较熟悉，决定让他带一支精悍的小分队，到城市郊区开展游击活动。林洪洲对此当然欣然受命，但是又说："我家里怎么办？现在还当汉奸特务的家属遭清算呢。"王芳说："你家里的事由组织上处理，你就放心吧！"林洪洲高高兴兴地带着小分队出发了。

半个月后，林洪洲从泰安回军区汇报工作。路过家门时，他决定回去看看。

父母亲见儿子回家来，笑得合不拢嘴。母亲说："你走了不久，部队上来人对农会干部说，郭善堂是自己人，应该恢复名誉，他的家应该按革命军人家庭对待。所以咱们家里的日子现在也好过了。"

林洪洲听了感到欣慰。母亲非要留他吃了中饭再走，赶紧到厨房里去烙高粱面煎饼，蒸玉米面窝窝。中午，一家人正有说有笑围坐在炕上吃中饭，突然闯进来两个县公安局的人，一进门就说："你是郭善堂吗？县公安局请你走一趟。"

"去吧！"林洪洲放下手里的半个窝窝头，站起身说。

"你的枪在哪里？"一个公安人员问。"枪给我们拿着。"

林洪洲把枪交给了他们，说："枪里有顶门火，当心点！"

"你别跑啊！"公安人员又说。

"我才不跑呢！我不怕，我知道为了什么，上次田股长请我吃了一顿饭，才惹出这许多的麻烦。"林洪洲说。

"这又怎么啦？不是说没事了吗？怎么又要来抓人？四喜，你给娘说说清楚，到底是咋回事啊？"林洪洲的母亲着急地说。

"娘！你别急，没有事儿，我到县里去一趟，说说清楚就行，你放心好了。"林洪洲安慰道。

"饭也不吃就走？带上两张煎饼，路上饿了好吃。"母亲把两张煎饼塞在林洪洲的手里。

林洪洲手里握着热乎乎的煎饼，不觉一阵心酸，几乎落下泪来，低声说："爹、娘，你们放心，你们的儿子没有背叛革命！"说完，就跟着两个公安人员离开了家。

林洪洲被押到莱芜县公安局以后，公安局李局长立即对他进行审讯："你从哪里来？"

"从泰安那边来。"林洪洲答。

"你要到哪里去？"

"到军区去。"

"你到军区去干什么？"

"李局长，我说的话你不会信，我也就不给你说了，说了你又不信，我说它干吗！你就把我送回军区去，到那里就一切都清楚了。你要是怕我路上逃跑，可以把我绑起来。"

"你到底是干什么的？"

"我到底是地地道道的八路军！"

"那你为什么逃跑呢？"

"我没有逃跑啊。"

"你没有逃跑？军区为啥下通知要抓你？"

"那好，军区要抓我，你把我送回军区去，这不就好了吗？你最好别问了，我说了你也不会相信的。"

外面天色昏暗，已是傍晚时分。通讯员给李局长端来一大碗红薯，这是他的晚饭。林洪洲中午在家就没有吃饱，路上也只吃了两张煎饼，所以早已饥肠辘辘，不等公安局长允许，伸手抓了一个红薯就吃。

"哎——你干吗？"李局长瞪着眼问。

"局长，我也饿呀！"林洪洲边吃边说，"我是不是敌人还不一定呢。就算我是敌人，当了俘虏，共产党还有优待俘虏的政策哩。难道就允许你吃饭不允许我吃？"

"你这小子！"李局长也憋不住笑了。

第二天，莱芜县公安局决定把林洪洲送往军区机关。李局长派了三个公安人员押送。临走时，他们用绳子把林洪洲绑起来。林洪洲说："咱们也象是演一场戏，你们手下留情，绑得松一点！"

"你到底是干什么的？"其中一个问道。

"我同你们局长说了他都不信，同你们这些年轻人说了能信？还是别说了。你们就只当我是敌人把我送走吧！"林洪洲说。

四个人离开莱芜，向军区机关的新驻地——新泰张家庄煤矿走去。

从早到晚，一天走了八十五里，天黑前来到颜庄。公安人员同颜庄的民兵联系后，让他们住在颜庄小学的教室里，把课桌拼起来当床铺。在昏黄的豆油灯下，他们吃了颜庄老乡送来的晚饭。

老百姓听说抓到一个汉奸，都跑来看热闹。教室的玻璃窗外挤满了好奇的人群，有男也有女，指指点点，嘻嘻哈哈，反倒把林洪洲看得不好意思起来。

恰在这时，林洪洲急需大便，便向公安人员报告："我要拉屎！"

"什么？你还要拉屎？"公安人员好象根本没有考虑他也要拉屎似的，认为肯定有诈。

"这里有厕所吗？我不能拉在裤子里呀！"林洪洲着急地说。

"不行，天黑了不能到外面去。"公安人员怕他寻机逃跑。"要拉就拉在屋里！"

林洪洲看看窗外看热闹的人群，为难地说："在屋里拉屎不大好吧！"

一个公安人员到屋外转了一圈，拿回一只喂猪的破盆，往地上一放说："就拉在这里！"

"这——不大合适吧？"林洪洲说。

"没关系，你拉吧！"

"那我就不客气啦！"林洪洲也实在憋不住了，只得在众目睽睽之下，解开了裤子……

第二天，林洪洲在三名公安人员押送下来到张家庄煤矿。刚走到军区机关驻地，迎面遇到鲁中军区保卫部长张国锋。他见林洪洲被反绑着，身后还跟着三个公安人员，便问："小郭，怎么回事？”

"我知道怎么回事？我也不知道你们干了些啥！"林洪洲真想把憋在心里的怨气都发泄出来。

"噢！"张国锋马上反应过来，连忙说："误会误会，让你受苦啦！"

"张部长，这出戏到底要演到什么时候才算完？我可是够呛啦！"林洪洲说。

"我们知道，我们知道，小郭，为了革命你受苦了！赶快解开绳子，好好休息。"张国锋亲自给林洪洲解开捆绑的麻绳，并一再说："好同志，受苦了！好同志，受苦了！"

三个公安人员愣在那里，面面相觑，异口同声地问："到底是怎么回事？"

"就这么回事，其实什么事也没有。谢谢你们，你们也辛苦啦！"张国锋这样对他们说。

尾 声

一九四八年冬天。济南刚解放不久，身穿人民解放军军装的郭善堂正走在济南的大街上，迎面遇见一个人，穿着普通老百姓的衣服，却用标准的军人姿态向他敬礼，并连声招呼："林先生！林先生！"

"你不是伊藤吗？"郭善堂也认出他来了，他原是侵华日军济南宪兵队的伊藤军曹。

"是的，我是伊藤。"

"你现在在什么地方？"郭善堂问

"我在济南电灯厂做工，当技工。"伊藤说。

"你怎么没有回日本？"郭善堂又问。

伊藤说，战争结束以后，他是要回国的，可是没有挤上火车，便滞留下来，找了个工作，据说战后日本本土也很困难，所以他就没有急于回去。"可是，现在共产党来了，对我们这些人会怎样呢？"他说，"会不会杀我？"

"不会杀你的，你完全可以放心。你只要老老实实认识过去的错误，中国人民是会谅解你的，中国人民政府也会宽大为怀，既往不咎的。"郭善堂耐心地开导他。

“是的，我一定反省过去的错误，老老实实地做人。”伊藤说。

时间又过了两年。1950 年，中国政府决定遣返滞留在中国的日本人。凡是原侵华日军人员判五年以下徒刑的人，以及工程技术人员、侨民等，均遣送他们回国。此事由人民政府的公安部门和军队的保卫部门来办理。长江以北的遣返对象共 200 余人都集中于济南，组成临时性的学习班。郭善堂当时在山东军区保卫部任侦察科长，领导上叫他去做遣返在华日人的工作。他名义上是行政科长，主要是向这些即将回国的日本人进行中日友好的教育，使他们认识帝国主义战争给中国人民和日本劳动人民造成的灾难，日本人民也是侵略战争的受害者，中日两国人民应该紧密携起手来，反对军国主义，保卫世界和平。在学习班上，有些日本人认出了郭善堂，说：“这不是林先生吗，他怎么又成了郭科长？”有的说：“哎呀！想不到，想不到，林先生原来是共产党！”有的就公开问他：“过去你的八路的干活？”郭善堂连连摇头：“没有干过，没有干过！”说着，双方都哈哈笑了。

几天以后，在济南电灯厂工作的伊藤也到学习班来了。他逢人便宣传：“这个郭科长，原来叫林洪洲，他在济南宪兵队当特务，在涑源公馆是这个（他伸出大拇指）的特务。我和他很熟！他是共产党派来的，那时我们不知道。现在他当了解放军的科长了，真了不起！”

有一次，一个当 X 光医师的日本人问郭善堂，说："郭科长，你过去姓林？伊藤说你过去当过日本特务，是吗？"

"伊藤说我什么坏话啦？"郭善堂笑着问。

"噢！没有，没有，他说你是好人，是共产党派去的，了不起！伊藤还说共产党好厉害，没想到共产党打进了日本的宪兵队。他成天跟着你抓共产党，结果你就是共产党！真没有想到哇！"

郭善堂笑笑说："以前我和伊藤是朋友，今后，我们要做真正的朋友。"

等待遣返的留华日人经过短期教育，思想认识有了很大的提高。归国前夕，中国政府给他们发了衣服、被褥和日用品，他们更是感激万分。这批人乘火车来到上海，然后乘轮船回国，郭善堂等学习班工作人员一直把他们送到上海码头。临别时，许多日本人泪流满面，泣不成声。他们自己也说流的是对中国人民忏悔的泪，是对中国政府感激的泪。伊藤更是紧紧抱着郭善堂，哭着说："我们对中国人民犯了罪，中国政府却这样宽大我们，太感激了。今后中日两国人民要世世代代友好下去，我们要做真正的朋友！"

汽笛长鸣，浪花翻滚，轮船启航了。船上的日本人和岸上的中国人都久久地挥舞着手臂，隔着滔滔江水高声喊着：再见，再见！

1994 年 4 月初稿，5 月二稿

附录：原国务委员、公安部长王芳的回忆

我永远怀念他们

抗日战争最困难的 1940 年至 1942 年期间，我先后担任山东纵队第一旅锄奸科长兼敌工科长、鲁中军区政治部敌工科长兼鲁中三地委敌工部副部长。从这时起，长期从事敌工工作和公安保卫工作。由于斗争形势和环境决定，那时各级领导对锄奸反特、敌工工作极其重视。党中央、毛主席指导山东的对敌斗争要以政治攻势为主，注意从政治上思想上分化、瓦解、打击敌人。罗荣桓同志任中共中央山东分局书记时，他亲自兼任锄奸委员会书记。各级领导对锄奸反特工作的要求很高。山东军区政治部主任肖华同志强调：锄奸反特工作既要大胆，又要谨慎，要有顽强性、坚持性、创造性，要有高度的原则性和策略灵活性的一致结合，要善于掌握党的锄奸反特政策，要善于发挥自己政治上的优势，抓住敌人的弱点、要害打击敌人。

根据中共中央山东分局指示，从 1942 年初起，鲁中地区各级党委相继建立了对敌斗争委员会，不久又设立敌工部，基

层设敌工站，抽调得力干部，开展敌工工作。武工队活动也很活跃。山纵一旅、四旅、各军分区、公安局都纷纷组织武工队，深入敌战区，打击汉奸及日伪军，振奋群众的抗战情绪。我作为敌工战线的一名领导干部，按照敌工工作的要求，坚决执行党的决定，采取特殊的工作和活动方法，周旋于敌人内部各个派别之间，坚决打击罪大恶极的敌人，同时分化、瓦解敌人，努力化敌为友，物色可靠人员，建立情报站。首先在新太大峪、祝福庄、平岭壮大、北鲍和东都建立地下情报站，接着又在泰安、济南、莱芜、蒙阴等地建立情报站 20 余个。仅大峪情报站 1940 年至 1944 年就传送各类文件情报 800 余次，护送干部 20 余名，未出过一次差错。1942 年一个隆冬夜，情报员李美先同志护送杨勇同志（后来成为我军上将）穿过敌人的封锁线安全到达了根据地。

在我影响和带动下，老家东都许多同志投身抗日和锄奸斗争。有在蒙阴岱崮战争中牺牲的八路军班长王英进、有新婚不久就毅然参军参战的王安东、王步安，还有王开祥、王孝三、王春安、王春平、王步和、王步伦、王传录、王传春、王朝、万永三等革命烈士，还有王澄、王正祥、王生根、王安元、王安振，他们都是我的宗亲。我五哥王春风是一位充满民族正义感的朴实农民。他在党组织的安排下担任了村里的"两面保长"，明里为日本人服务，暗地里为我抗日军民搜集传送情报、掩护革命同志。他们为了抗日救国，为了新中国的解放事业，献出了宝贵的青春和生命。

　　贯彻落实党的统一战线，教育动员具有爱国思想的各个阶层的人员，同情、支持以至参加抗战和革命，是我们军队始终十分重视的工作，也是我们敌工部门的一项重要任务。沂蒙山区有个李家楼村，村民多系宋代抗金名将李通的后裔。村里有个商人叫李瑞凤，系李通25代嫡孙，过着丰衣足食的生活，我到这一带活动时，发现李瑞凤有一定的爱国思想，就设法引导他参加抗日。我住在他家里。抽空就给他讲抗日的道理，讲共产党的抗日主张，还用他的一世祖李通在岳飞帐前英勇抗金的事迹激励他，李瑞凤逐步认识到：国破必然带来家亡，如不抗日，现有的家业也保不住。思想觉悟后，他不仅利用自己的社会地位进行抗日宣传，还把自己的家当成八路军敌工部的秘密联络点，安排"交通员"食宿。为我军行动提供各种便利。我自从1941年冬反"扫荡"时带领旅部机关干部和家属在日寇包围圈中顺利突围后，部队每次遇到反"扫荡"，我所在的旅和军区领导干部，都把家属托付给我，还有宣传大队、民运工作大队的一些女同志都由我负责安全转移。由于敌人"扫荡"时，敌占区成为灯下黑，我多次带着这些人员辗转在日伪眼皮底下，有时就住在李瑞凤家里，从来没有出过事。那时我军的给养非常困难，有时全靠住地的老百姓募集。看到这种情况，李瑞凤把自己家中的多余粮食捐给部队，一次就运了十多车。有次他看到我写材料没有笔，就给我买了一支崭新的钢笔。解放后，李瑞凤担任过村干部。1983 年，他从山东来杭州看我，我俩促膝长谈，倍感亲切。

1941 年，敌工科的正式干部有 50 多人，郭善堂、张世祥、秦元庆、于晓亭当时都是营级干部。还有刘丁浦、马法尊、李庆亭、王良、侯殿胜、宋道顺、黄志平、辛光、曲守林、牛福地等，都是敌工战线骨干力量。

在敌工部日军反战同盟工作的王安元、王安振兄弟俩出生在东都，是我的孙辈，因幼年丧父，母亲改嫁到东北，他俩在东北长大，在洋行做小工，学会讲日语，从小饱尝日寇侵占下的苦难生活。经我动员，1940 年回到东都，在敌工部日军反战同盟工作。日军反战同盟是我部用日本人来做日军反战宣传的工作机构，属敌工部直接领导。他兄弟俩利用有利条件，为我搜集提供大量有关日军的情报。鲁中军区所属部队几次和日军作战，他兄弟俩都在前线担任宣传和翻译工作，并积极做好日军俘虏的教育转化工作。当时敌工部反战同盟有日本、朝鲜人 40 多名，这些人被俘虏后，经我们教育，思想转变很大，都能积极参加反战同盟的工作。抗战胜利后，由于忙于战事，工作调动频繁，与安元、安振兄弟俩失去联系。据说安元曾到济南找过我，那时我已不在济南，在西线兵团参加豫东战役。他为人耿直，脾气暴躁，仇视日伪汉奸，不满国民党的黑暗统治，时常和伪职人员顶撞吵架，坐过国民党的牢。后来参加东北解放，一直在东北地方工作。安振随军南下到浙江杭州交际处工作。"文化大革命"中因为兄弟俩历史复杂，还能讲日语，被造反派怀疑是"国际间谍"，长期关押，拷打逼供，受尽折磨。因为唯一知道他们全部历史的我也早已关押在北京。一直到"文化大革命"快结束前，才复职自由。粉碎"四人帮"、党的十一届三中全会后，他兄弟俩才得以落实政策。

当年许多参加敌工工作的人员，是我和其他敌工干部直接物色，单线联系，建立情报点的。这些人员当时没有名分，没有任何报酬，是自己出钱出粮，冒着生命危险参加革命的。由于战争年代部队调动、人事变化十分频繁，和这些敌工人员很容易失去联系。这些敌工人员好多当时都是"两面人员"，明里为日伪汉奸服务，暗中为我收集情报，掩护革命同志。那时也没有什么档案和文字记载，尤其敌工工作，什么事情都在个人脑子里。这些同志，不管他们后来从事什么工作，过去的特殊经历，在历次政治运动中，肯定会给他们带来许多麻烦。我心中怀着深深的不安，无论过去还是现在我都尽最大努力为他们解决困难。

我记得在日军反战同盟工作过的一个朝鲜人，叫金明，抗战胜利后回朝鲜。还有一个朝鲜人叫崔春生，通汉语、日语，主要跟我做翻译工作，抗战胜利后也回朝鲜。有个日本人，叫小林，回国后一直热心于民间中日友好活动。1983年我任中共浙江省委书记时，他随访问团来中国，到杭州时，我在刘庄国宾馆宴请他一行。四十多年前结下的友谊，今天仍能继续为增进中日两国人民的友好做些有益的工作，我们感到十分高兴。

由于年事太远，在当时我领导下的敌工战线工作过的很多同志，我已记不清他们的名字了。但是，无论我记得的，还有记不得的，如今健在的，还有过去牺牲的，或者后来去世的，在战争年代生死考验中结下的革命情谊，是永远不会淡忘的，我至今一直在深深地怀念他们。

深入虎穴

20 世纪 40 年代初，山东有个远近闻名的"日本大特务"，名叫林洪洲，20 多岁，莱芜人。他深得日军驻山东部队参谋长山田的赏识，日军在山东的四家特务机关争相拉拢聘用他。他可以撒泼狠揍伪军军官，可以顶撞冒犯日军普通军官。他经常活动在济南、泰安和沂蒙一带，当地的老百姓几乎老少皆知。

大家痛恨这个在日本人面前红得发紫的大特务、大汉奸，不少人想寻机杀掉他，根据地泰西公安分局设下圈套要除掉他，但他沉着应对，几次死里逃生。

这个"日本大特务"却是我党忠诚的情报人员。是由我精心策划，亲自指挥，秘密派遣，打入日本驻山东部队最高领导机关，成功地收集了大量日军政治和军事重要情报，为我八路军山东部队顺利开展抗日斗争发挥了重要作用。他的真名叫郭善堂，现名叫罗国范。当时抗日战争处在最困难时期，斗争异常艰苦和复杂，日军推行"治安强化运动"，使用更加狡猾和残忍的手段，对根据地进行严密的控制和封锁，残酷地"扫荡"和"蚕食"。我们根据中央军委的指示，采取针锋相对的政治攻势与武装斗争相结合，公开斗争和隐蔽斗争相结合的方针，坚决粉碎敌人的侵略阴谋。

1941年底的一天，军区司令兼政委罗舜初、政治部主任周赤萍告诉我，军区党委已经批准我们的工作计划，抽一批得力干部和优秀战士组成特工队，深入到游击区和敌占区，成为我军在这些地区的耳目。特工人员要利用各种社会关系，打入敌人内部，以合法的职业作掩护，建立立足点，然后开展秘密活动，惩办汉奸、特务和叛徒，搜集敌人政治军事情报，为部队开展反"扫荡"、反"蚕食"、巩固抗日根据地创造条件，提供服务。

根据这个计划，我立即开始着手物色人员。首先想到的就是郭善堂。他原是八路军山东游击队四支队募集队的队员，募集队的任务就是向老百姓宣传抗日救国的道理，动员大家捐款捐粮，支援八路军抗日救国。开始，募集队的工作主要在根据地进行，后来为了减少当地群众的负担，募集队的活动地区扩大到根据地边沿，直至敌人占领的地区。募集队的工作本来不属于敌工部领导，但由于它的工作特点，我也经常向他们额外分派一些任务，如在敌占区探听收集敌人的活动情况，暗中携带、散发我军的宣传用品。不少募集队员实际上就是敌工部的编外人员。郭善堂表现机智勇敢，为人忠诚，不怕吃苦，又是本地人，情况熟悉，任务总是完成得很出色。根据他过去的经历和表现，作为一个特工干部，应该是一个比较合适的人选。

我找郭善堂谈话，说明组织的决定和要去完成的任务。他只谦虚了几句，没有提什么要求，就愉快地接受了任务，还显得有些兴奋。我知道对一个革命的青年来说，没有比组织对他的信任更让他高兴的了。敌工部的工作不仅受到各级领导的高度重视，而且在干部和战士眼里还充满了神秘色彩。毫无疑问，郭善堂是热爱这项工作的。但是，他向我表示有一个担心。当然不是害怕牺牲，对一个打入敌占区的特工人员来说，稍有不慎，牺牲生命的事情随时都会发生，就是过去他在募集队工作时，也经常会碰到敌人，遇到牺牲生命的危险。这些对当时参加革命的同志来说，已经不是什么新鲜的事了。郭善堂说了心里话，他最担心的是，以伪装的身份打入敌占区，一下子变成了"汉奸"和"特务"，肯定会造成同志们、乡亲们对他的误解，亲戚朋友对他的蔑视，特别是年老在家的父母亲、老实本分的妻子，一下子成为汉奸、特务的家属，他们有何面目对人？人们又会以什么态度对待自己的家人？郭善堂是一个孝子，妻子是一个童养媳，感情很好。

郭善堂没有把话说得这么明白，但我完全理解他的心情。我说，你要去完成这项任务，不仅非常艰苦和危险，而且肯定要受委屈。你的父母和妻子，我们会暗中时常派人去关心他们的生活，并尽量不使他们遭受意外的伤害。至于你本人只要能活着回来，就有说清楚的机会，如果牺牲了，军区司令王建安、政委罗舜初、政治部周赤萍、我，还有组织部长，不大可能同时都牺牲，只要有一个人活着，就可以代表组织给你作证，证明你这一段特殊经历是党组织派你去的。

我物色和派遣的一批特工人员，包括郭善堂，只限于我们5人掌握。而且不上文件，不留文字，这是当时特工工作性质和斗争环境决定的。他们的个人经历和工作情况不管有多么复杂，也只能全部记在我的脑子里。战争年代的特工工作纪律和制度是极其严格的，因为稍有不慎就会酿成严重后果。特工工作的任何任务和问题，不论是要研究讨论，还是要请求汇报或者传达布置，只能凭脑子记忆，口头表述，不能用文字记录。时间长了，就养成了习惯。解放以后，在我身边工作过的一些年轻干部，问我年纪大了为什么记忆力还这么好，感到有些奇怪。我想，大概与过去年代里的锻炼有关。

郭善堂的担心是正常的，经我这么一说，也就没有什么顾虑了。"你这次去的地方是泰安，因为那里是日伪军活动的中心地带。去后赶紧办好两件事，一是找到联络人，二是要取得合法身份，就是要搞到良民证"。我对他说的联络人，就是过去曾经在八路军山东游击队四支队募集队工作过的，后来因年迈体弱，被精简回家的马达、何士卿，还有侯希仉。侯希仉凭着自己的聪明能干，在泰安日本洋行找到了适合自己的工作。他们一直与我保持联系，是靠得住的几个人。我还对郭善堂说："这次给你 25 天时间，到时必须回来报告情况，否则就当出师不利，你遇到很大麻烦，可能被敌人逮捕，甚至牺牲了。"并告诉他，下次碰面地点就在我家东都镇，接头人就是我五哥王春风。

当时我五哥的公开身份是东都镇伪保长，开了一家酒店，生意尚好，日本人和伪军也经常去那里吃饭喝酒。他暗中却是我们敌工部的特工干部。利用他公开身份和时常接触日伪人员的有利条件，为我搜集大量重要情报；同时，收购炸药、军用药品，还担负八路军游击队过往人员秘密联络和接待任务。

20 多天后的一个深夜，经我五哥的联络，在东都镇不远的吴家楼子，与郭善堂见了面。

我紧紧握住郭善堂的手。他像久别回家的小孩，瘦黑的脸上露出十分高兴的笑容。他已找到了三个联络人，领到了"良民证"，改名林洪洲，此行达到了预期的目的。那天夜里，就在我家和郭善堂一边喝酒，一边小声交谈着。至于这 20 多天里，他如何穿过几道敌人封锁线，遭到日伪军的多次搜查和盘问；如何在夜间露天挨冻受饿，几乎饿死在躲避敌人的山洞里；如何几经周折，终于找到联络员，这里就不一一赘述了。我对他的工作表示满意。我对他说："下一步的任务更艰巨。你要想办法打入敌人内部，最好是敌人的特务机关，长期隐蔽下来，取得他们的信任，这是最重要的。你要同魔鬼打交道，自己就得装扮成魔鬼，学会在生活中演戏，而且天天演，月月演，不许卸妆，这可不是一件容易的事啊！"

"我知道，时时刻刻都有危险。"郭善堂说。

"这危险，不仅来自敌人方面，甚至可能来自咱们自己人。"我说，"你想想，要是你装的不像，露了马脚，马上会引起敌人的怀疑；你装的很像，必定会引起群众误会，轻则在背后骂你，甚至会对你采取敌对行动。"

"我是猪八戒照镜子——里外不是人啊！"郭善堂笑道。

"可不是嘛！不过党组织信任你，你一定要以极大的毅力克服困难，克服一切想象不到的困难，坚持下去，坚持到战争胜利！"我还嘱咐小郭，"你休息几天以后，就回泰安去。以后你就不要回咱们这边来了，有事情要联系，就到东都镇找我哥王春风，我也可以去那里会你。"

取得日军信任

时间很快过去 3 个多月。一天夜里，我还着警卫员小张悄悄回到东都，来到东都安庆饭庄。经我哥联络，今晚安排在这里和郭善堂会面。

离东都镇不远的张庄煤矿上虽然驻扎了日军一个中队，镇里没有警察所，还办了"防共指挥团"，队员日夜巡逻放哨，但这都挡不住我想什么时候就什么时候回到东都镇来。我回来时，若遇上巡逻的"防共指挥团"队员，熟悉我的都主动打招呼："六爷回来了！"镇上的乡亲大都这样尊称我。不熟悉的也不敢惹我，他们都知道，谁要是死心塌地当汉奸，决不会有好下场。

来到安庆饭庄，未等郭善堂穿衣下床，我就径直走进他住的房间。3个多月不见，郭善堂样子变了不少。他见我打量他留着分头，抹过发油的脑袋，还穿着半新旧的长袍、衣裤，有点不好意思起来。我却望着他会心地笑了。

"王部长，我给你带战利品来了。"小郭神情颇为得意地从床底下搬出一只纸箱来。纸箱上印着一行汉字"大日本军山东部队参谋部山田参谋长"，还有几行日文，"今派特高人员林洪洲前往各地了解情况，希望大日本皇军予以关照，对所携带物资免予检查，如要检查，应事先报告山东部队参谋部批准"。打开纸箱，里面装的是些衬衣、牙膏、牙刷、刮胡刀等日用品，满满装了一箱。

原来，郭善堂回到泰安后，住在侯希仉家里，一时找不到工作。侯希仉虽在日本浅石洋行工作，但家境并不宽裕，郭善堂就坚持在街头擦皮鞋赚钱补贴家用。不久，经侯希仉介绍在日本浅石洋行找到了一份工作，分配给他的业务是负责收购民间的铜钱、铜元等废旧钱币。由于他早出晚归，积极活动，收购钱币成倍增长，一麻袋一麻袋地扛进了洋行的货栈。浅石对这个新来的年轻人也另眼相看，并不止一次地在全体员工会上表扬了他，并让他加入了青年会，那是年轻人搞各种活动的地方。浅石的目的不仅要郭善堂为他多赚钱，还要为他搜集八路军的活动情况。原来浅石洋行也不是只吃素的。为了尽快取得浅石的信任，通过关系，我给郭善堂几次送去解放区的《经济日报》，浅石如获至宝，夸奖郭善堂有办法。

不久，浅石又把郭善堂引荐给他的上司山田，山田是日本军山东部队参谋长，经过严格的盘问，郭善堂总算过了关。分配给他的任务也是了解八路军的活动情况，并要他多交几个八路军的朋友，这样才能了解更多的情况。纸箱里带回来的东西，就是山田让他交朋友用的。

听了郭善堂的汇报，我十分高兴。看来打入敌人内部不像原来想象的那样困难。敌人缺少心甘情愿为其效力的中国人，又急需这样的中国人，这就是我们能够打入他们内部的条件。郭善堂今后要投其所好，伪装忠诚，长期隐蔽潜伏下来。至于如何告诉山田在根据地找朋友的事，我告诉小郭，回去以后可以这样说，朋友正在找，不一定马上能找到，得慢慢来。等过一两个月，你再告诉他，朋友已经找到。这个人原是国民党军队的一个军需官，因贪污公款逃到八路军这一边，现在参加了沂蒙专署的"三三制"政权。你说他收到山田的礼物以后，非常高兴，表示愿意为皇军效劳。但是你不要马上为他提供情报，情报等下一步再说。总之，一步一步来，不急不忙，吊吊山田的胃口，让他吃呢吃不着，放又放不下，欲罢不能。

接着我们又研究了今后工作和互相联系的一些事，不觉已到半夜。我从纸箱里抽出一包香烟，第一个享用了郭善堂带回来的战利品。

一路通，路路通

真象人们常说的，一路通，路路通。

郭善堂自从经浅石推荐，成了日军山东部队参谋长的特工人员后，济南其他特务机关，似乎一天之内全部向他敞开了大门。

首先是济南宪兵队队长山本，自认身居要职，高人一等，听说山田接纳了一个中国特务，就想把他置于宪兵队领导之下，亲自找郭善堂谈话，给他颁发了正式证书。接着济南四家有名的特务机关：泺源公馆、梅花公馆、鲁仁公馆、南新公馆，也争相拉拢，聘用他为本馆特工人员。这四家特务机关是日军搞"治安强化运动"的产物，既分工合作，又互相竞争，共同任务是离间抗日军民鱼水关系，削弱并瓦解坚决抗日的八路军。

此时的郭善堂活动范围更广，也更自由了。他那边的各种消息已能及时汇报到我这里来，我对他的工作要求，也能很快地传达到他那里去。郭善堂在不断向我提供日军各种情报的同时，又必须不间断地向日军特务机关提供各种"情报"。当然这些情报都是真真假假、虚虚实实，最重要一条是不能对根据地造成什么危害。有些是本来就要公布于众的事情，我让郭善堂事先做了透露，如 1942 年，根据地军民为了战胜日寇"扫荡"造成的困难，开展了轰轰烈烈的大生产运动。我叫郭善堂把这一情况作为战略情报报告了山田参谋长和南新公馆，他们非常重视。过了几天，关于开展大生产运动的指示正式公布在《大众日报》上，郭善堂又把报纸送给他们看，他们越发相信他所提供的情报是多么及时而准确了。

为了更多更好地收集我们需要的情报，我要求郭善堂打入日伪内部越深越好，地位越高越好，时间越长越好。不久他加入了青红帮。那里边有伪军军官、警察局长、保安队员、商人、普通工匠、店员，真是三教九流，五花八门，各种各样的人都在帮会的旗帜下聚集一起。郭善堂拜师加入青红帮，这些人自然成了他的师兄师弟，接触也就更方便更自然了。日军特务机关对郭善堂加入青红帮也很支持，目的是要郭善堂了解帮会中有没有坚决抗日的共产党人。

为了增加力量，我派敌工干事马法尊去帮助郭善堂开展工作，公开身份是大汶口布店的职员。还吸收李庆亭、韩日生，包括侯希仉等人，成为活动小组成员。这些人都是过去四支队精简回家的、经审查靠得住的人。可是，不久郭善堂负责的特工小组出了一件意想不到的事情。

李庆亭跟随日军到莱芜地区活动，发现鬼子携带大批假北海币企图在边缘地区使用，以破坏根据地的经济。李庆亭来不及回来报告，就决定只身进入根据地向党政机关通报情况。他找了个借口，离开日军队伍，过了莱芜城，向根据地走去。谁知在途中遭到鲁中泰山专区的公安队的伏击，当即中弹牺牲。公安队欢呼胜利，以为为民除了一害，可是他们哪里知道，打死的是自己的革命同志。

鉴于这种血的教训，为了保护潜伏敌人内部的人员，军区根据我的建议，正式下发通知，规定：对重要的汉奸特务，今后不要随便捕杀，如需要处置的，应上报军区批准。通知发下去后，许多人感到不可理解，这不是公开保护汉奸特务？他们怎能理解我既不便解释又必须这样规定的苦衷！

出事没几天，我哥通过联络员告诉我，郭善堂有急事要向我当面汇报。我赶紧来到我哥家里，已经是晚上的时间。郭善堂下楼看到我大吃一惊，问我怎么跑到这里来了？他说还有两个日本人正在楼上打牌。他要我哥另找一个地方，说这里太危险了。我说不必，我额头上又没有写我是谁，他们见到我也不知道是什么人。这里不仅不危险，可能还是最安全的地方。他们管他们在楼上打牌，我们管我们在楼下谈工作。我让我哥上楼陪鬼子打牌，以观动静，楼下我听郭善堂汇报情况。

原来日本人感到鲁中地区八路军活动频繁，对他们霸占的张庄煤矿、孙村煤矿构成很大威胁。这里的部队归泰宁军分区指挥，泰宁军分区就设在李家楼子一代，鬼子提出"擒贼先擒王"，准备打掉泰宁军分区机关。现在正在调集兵力，估计规模不会小，时间也不会拖得太长，可能就在十天半月之内。

郭善堂提供的情况非常重要，据多方情况分析，敌人这次

"扫荡"来头不小，是由济南参谋部统一组织的。我对郭善堂说，你们下一步要注意了解敌人集中多少兵力，进攻根据地的准确时间，以及敌人行军的路线等情况，并且及时回来报告。

我方密切注意敌人的动向，郭善堂把他收集到的各种情报不断地向我报告：有 10 辆军车满载着日军士兵从泰安方向开到新泰。过了一天，报告说：铁路沿线的日军纷纷向大汶口集中，一派大战前的紧张气氛。过了一天又报告说：蒙阴运来了日军，这些部队都带了充足的弹药、粮食，似有进攻根据地的样子。还有从我哥那里得知，日本人要他准备 200 个民夫，明天早晨要用。日本人的习惯，每次"扫荡"之前，都要征用民夫。由此可见，敌人"扫荡"明天就要开始了。

鲁中军区首长根据各方面的情报，及时做出反"扫荡"的准备。

当敌人从大汶口、蒙阴两个集结地，气势汹汹地向着他们认定的驻李家楼子泰宁军分区机关扑来时，遭到了八路军的伏击，死伤数百人。日军继续往前闯，可是，他们进到李家楼子，根本没有见到泰宁军分区机关的影子，老百姓早已坚避清野，李家楼子成了一座空村，日军无奈，只得放火烧房子，然后退了回去。

反"扫荡"战斗取得了重大胜利，根据地军民沉浸在欢庆胜利的喜悦之中。军区首长和我当然不会忘记郭善堂他们做出的贡献。由于他们的情报非常及时准确，为反"扫荡"战斗的胜利立了头功。

日军悬赏"生擒小百龙"

这次反"扫荡"取得胜利不久，就传来一个坏消息：郭善堂被济南宪兵队抓起来了。我怀疑他是否暴露了真实身份。如果是这样，他牺牲是不可避免了，而且对我精心策划的打入敌人内部的整个计划会造成严重损失。可一时又得不到具体情况。但有一点可以肯定，郭善堂在敌人面前是不会泄露机密、出卖同志的。

过了几天才得知，宪兵队逮捕他的原因是，有人告发他，说他作风和别人不一样，不打麻将，不抽大烟，不嫖女人，像这样的人，在特务中太少了，因此政治背景值得怀疑。还有是他多次到东都镇活动，同共产党鲁中军区敌工部长王芳哥哥王春风接触较多，郭善堂有私通八路军的嫌疑。

敌人非常凶残，日本宪兵对郭善堂先是拳打脚踢，继而冷水灌肚，直到昏死过去。郭善堂一口咬定和八路军没有任何联系。他知道，自己是八路军派进来的，宪兵队说他私通八路，恰恰证明敌人并没掌握他的底细，自己被抓，仅仅是敌人的怀疑。一个星期后，郭善堂被放了出来。宪兵队长山本请他喝酒，为他压惊，表示道歉，说是一场误会，希望郭善堂继续为皇军效力。

然而，通过这件事，使我进一步警惕起来，我哥哥王春风的处境已十分危险。他虽是东都镇伪保长，是伪军指定的，但那是因为我家在东都地位比较高，尤其是我父亲在镇上很有威信，让我五哥当伪保长，完全是敌人利用我家的影响，为他们办事提供方便罢了。我哥表面应付日伪军，暗中为八路军服务，他的具体职务就是鲁中军区敌工部的干事。他的行动虽然十分隐蔽，但频繁接触我方地下工作人员，时间长了，很难不让敌人察觉。现在看来，我哥的行动，早就在敌人监视之下，而且已经深深地怀疑他"暗通八路"了。

　　我想尽量减少去东都的次数，和哥哥及郭善堂碰头的地点也尽可能离东都远一点。但是由于我哥哥这里是鲁中军区的地下联络站，他从抗战初期开始，一直担负这个重要任务。许多革命同志要到他这里联系工作，重要情报不断通过他集中到我这里来，而我的工作任务和性质也决定了我必须不断地和我哥保持密切的联系。我们之间的特殊关系和密切接触，对政治嗅觉敏感的敌人来说，不可能没有警觉。他们对我哥哥的怀疑理由也不能说不充分了。

　　可是，我哥哥非常担心我的安全问题，每次碰面他都千叮咛万嘱咐，要我千万注意安全。由于我的行动不同于部队集体行动，经常需要单独进行，有时去敌占区，有时混进敌营，人多了容易暴露目标。当然，一旦出事危险性也更大。但我多年的敌工工作养成了一些习惯，形成了一套适应性较强的活动方式，从来没出过事。然而，我哥总是不放心。他还得到可靠消息，济南特务机关泺源公馆和 1480 部队又一个"生擒小白龙计划"。小白龙指的就是我，是日伪军送给我的绰号。谁捉到小白龙，送到日本人手里，赏银 5000 大洋，谁及时报告消息让日伪军捉到我，赏银 2000 大洋。

我哥叫我以后最好不要单独外出，最好不要亲自来东都联系工作，改由联络员和他直接联系。但我的工作任务决定我不能不单独外出，而且当时正是敌工任务非常繁重，敌工部的特殊工作发挥重大作用的时候。我不到一线，不冒风险，单靠联络员传递的情报是不行的，准确性要打折扣，因为联络员不能携带文字材料，靠心记口述，如果遗漏重要情节，不就误了大事？更何况我不能面对面和当事人交流分析，获取更多重要的东西，对我来说无疑是工作上的失误。因此，不管敌人有什么"生擒小白龙计划"，我始终没有改变我的行动习惯和方式。

不过有一天，我真的差一点出事了。

那时，我化妆后去伪军吴文化部做工作，丛临朐回来途径莱芜金水河的路上，已经是凌晨 3 点钟了，有点人困马乏的感觉，就在河边一个只有五六户人家的小山村里休息。我刚睡下不久，通信员宋道顺急急地叫醒我说，他喂马时听到村外狗叫得很厉害，可能有什么情况。我一看时间已是凌晨 4 时半，狗叫的原因可能是村民早起外出干活了。但我还是立即穿起衣服，走到门前观察动静。

就在这时，枪声响了，一梭子弹打在房子的土墙上，发出噗噗的声音。接着在月光下 10 来个日本鬼子提着机关枪向我这边冲过来。就在我准备扣动盒子枪向敌人回击时，房子右侧沟里突然响起了枪声。

原来我的警卫员侯殿胜正好蹲在那里大便，听到枪声，看到日本鬼子向我冲上来，他立即开枪射击。敌人大概不知我的真实情况，打了几枪就停了下来。

乘这短暂时间，我赶紧带了侯殿胜和小宋从村子北侧悄悄出走。因为我进村时，对周围地形作过观察，村南有一个山坡，此时很可能被敌人占据，出路已被封锁，左侧是河道，右侧是道路，而北侧是一大片高粱地。我们三人一头钻进了青纱帐。当村子里响起激烈的枪声时，我们已经安全撤离。

那天我和日本鬼子的突然遭遇，是不是敌人发现了我的行踪，有目的地追捕我，还是偶然碰上了？事后一直不得而知。然而，这次行动使我感到心痛的是，我的那匹心爱的大青马被丢了，通信员小宋还因此哭过好几次。

王老倔误打特工

郭善堂被放出来后，日本人对他的怀疑并没有消除。

有一次宪兵队长交给他一个任务，要他到东都镇去办一件事情。郭善堂担心日本人暗中监视他，因此他这次来东都只想完成山本交给他的任务。到了东都数天，没有接触我哥王春风。每天晚上，他在寨墙上来回走动。他的行动引起了一个人的注意。这人叫王老倔，与我同宗，小我两辈，叫我"六爷"。他认识郭善堂，知道他是日本特务和汉奸。一天深夜，他起床出屋小便，看到郭善堂还在寨墙上走动，留着分头，穿着长袍的身影十分清楚。像所有普通中国老百姓一样，对没有良心，投靠日本人当汉奸特务的人充满仇恨。他回家拿了一把粪叉，悄悄来到郭善堂身后，而郭善堂以为他在寨墙上拣粪叉，并不在意。此时，王老倔胸中然起怒火，决定亲手惩治这个日本特务和汉奸，他用尽全身力气，把粪叉猛地向郭善堂头部砸了过去。见郭善堂头上血流如注，倒在地上不能动弹，以为他死了。王老倔下了郭善堂腰间的手枪，连夜逃出东都，找到驻李家庄的八路军独立营报告，"我打死了一个大特务，他被我送去见阎王了"。

这个消息很快传到军区敌工部。当时我十分震惊，以为这次郭善堂可能真的牺牲了。事后他告诉我，苏醒过来后，觉得自己满头满脸都是血，头上两个洞还在不断向外冒血。他知道自己伤势很重，而且处境十分危险，更糟糕的是腰间的手枪也不见了。

我五哥看到郭善堂这个样子，还不知道什麽原因，赶紧把他背到土地庙，又立即到区公所叫来几个人，七手八脚把他抬到区公所。我哥用朱砂伴白酒给郭善堂喝了下去，又擦洗了头上的伤口，血就止住不流了。

此时天已渐亮，区长打电话给张庄煤矿宪兵队长大出。大出如临大敌，立即赶到区分所，不分青红皂白，给区长一顿耳光，并下令要区长尽快找到凶手，否则撤职查办。大出断定这是八路军派人干的。他慰问了郭善堂，又把他送到张庄煤矿医院接受治疗。日本人要抓的刺杀郭善堂的凶手当然没有抓到，此时王老倔已经参加八路军了。

借"刀"除奸和营救战友

郭善堂东都遇刺后，日本人对他"私通八路"的怀疑彻底消除了。那个向宪兵队告发郭善堂的汉奸，被戴上诬告罪送到东北矿山劳工队去了。

接着我们利用日本人对郭善堂的信任，里应外合，几次解救了不幸被捕落入日军虎口的革命同志。也多次设计处置了投降敌人、出卖同志的汉奸和叛徒。

比如，原中共泰安县副书记兼组织部部长刘根明，一天突然离开根据地，来到泰安城里向日本宪兵队队宾川自首投降了。刘根明原来是小学教员，参加革命后也作过一些贡献，但随着地位的提高，热衷于物质的追求和生活的享受，他和妇联的一个女同志关系暧昧，以至于私通，影响很坏。组织上发觉后严肃地批评了他，他便心怀不满，不辞而别，带着那女人，投降了敌人。刘根明叛变后，向敌人暴露了大量党的机密，使泰安县委的工作受到严重破坏。鲁中行署公安局副局长因此被捕牺牲。刘根明叛变投敌，日本人如获至宝，郭善堂在山本面前说，要当心共产党搞假投降，这是他们惯用的伎俩，不要轻易上当。没有证据，山本不会完全相信郭善堂说得是否实情。

一天，在泰安城东 15 华里的省庄集市上，一阵枪声过后，市面是一片混乱。一个人在慌乱的人群中奔跑，后面有两个人紧追不舍，大喊："抓住他，别让他跑了。"这两个满头大汗气喘吁吁的人就是郭善堂和他的一个弟兄，说是"刚抓到一个八路，从他身上搜出一封信，正要带着他回城，他突然钻进人群逃跑了"。他们看看那信上写的内容：

根明兄：

一到月余，近况如何？你能迅速取得信任，殊可庆贺。几次情况报告，均已收悉，勿念。诸事来人面达，不另。祝

好！

王芳

某月某日

郭善堂让他的兄弟把信送给宪兵队。宾川开始有些不相信。刘根明也矢口否认，但经不起宪兵队的刑罚，很快就承认是王芳派他打入内部的，并发誓要悔过自新，忠诚于大日本皇军。

宾川要他继续和王芳保持联系，向王芳报告假情况，王芳有什么指示，立即向他报告。

刘根明在日本人这里吃了苦头，后悔自己叛变投敌。想起在革命队伍里，虽然生活艰苦，但组织对自己很信任，同志们

对他很热情。如今在日本人手里，过着如此屈辱的日子，思来想去，真是后悔莫及，就向我写了一封亲笔信，意思是误入歧途，做了对不起党和人民的事，悔之已晚，请求组织原谅，一定将功赎罪，随时听候指示。

殊不知，刘根明一举一动，明里暗里，早在日本人监视之下。这封写给我的信，随即落入宪兵队手里。宾川念其叛变投降初时有功，没有枪毙他，而是在他额头烙上红印，送到东北矿山劳工队去了。

又如，时任冀鲁豫军区敌工部部长的武思平，是鲁中军区先遣大队长武中奇的弟弟。一次到济南联系工作，不幸被洑源公馆的特务捕获。敌人动用了所有刑罚，他始终咬紧牙关，只说自己是军区后勤部采购员，是来济南采购物资的，绝不暴露自己的真实身份。敌人见用硬的不行，又用软的。

郭善堂也参加了对武思平的劝说工作，并与他暗中沟通，为了麻痹敌人，里应外合，逃出虎口，武思平假装回心转意，愿意为日本人做事，到济南集贸市场指认八路军采购员。几次下来，日本人虽然没有收获，但跟随的特务渐渐放松了警惕。一天，武思平照常外出指认八路军采购员，乘敌人不备，迅速逃离。待特务反应过来，在拥挤的人群中到处找人不见踪影时，立即向洑源公馆武山报告，通知铁路沿线军警配合行动，但却没有结果。武思平早就在我们的接应下，顺利回到了自己朝思暮想的部队。

郭善堂在日本投降后回到部队，他回队时急于先去看望多年未见的父母，当时村上正在召开群众大会，人们得知汉奸、特务、林洪洲回来了，愤怒地高喊："打倒叛徒林洪洲"、"打倒大特务林洪洲"，群众的拳头劈头盖脸向他打来。

林洪洲大声说，乡亲们别误会，现在我说你们也不相信，要枪毙、杀头让政府来判。

于是，林洪洲被五花大绑送到区政府。区政府的领导不相信他说的是真情，又把他送到县政府。直到与我通了电话，证明林洪洲不是敌人，而是革命同志，才消除误会，受到热情接待。

林洪洲归队不久又接受新的任务，带了一支精悍的小分队到泰安郊区搞游击活动去了。

解放后，郭善堂经组织批准改名罗国范，任北京军区联络部部长。我去北京开会学习时他常来看我。说起抗战时期的那些往事，他总是非常兴奋。他说，那时他最值得回忆和品味的人生经历。一生中最高兴的是为党为人民做过一些有益的事。最痛苦的不是战争年代执行特殊任务引起自己的同志和群众的误解和受辱，而是在"文化大革命"中，他因此而被戴上"叛徒"、"特务"、"汉奸"的帽子，接受长达七八年的关押和审查。

1974年10月，我经毛主席亲自批准释放出狱，此时罗国范同志还被关在狱中。幸亏我能活着出来，不然真的没人能直接证明林洪洲那段历史不仅是完全清白的，而且是受组织派遣，历经艰险，出色地完成了任务，为有力地打击日本侵略者，巩固山东抗日根据地立下了不可磨灭的功劳。

摘自《王芳回忆录》

图书在版编目（CIP）数据

一个"日本特务"的传奇／李翔，叶家林编著. —北京：华艺出版社，2015.3

ISBN 978-7-80252-550-4

Ⅰ. ①…… Ⅱ. ①李… ②叶… Ⅲ. ①纪实文学—中国—当代 Ⅳ. ①I25

中国版本图书馆 CIP 数据核字（2015）第 045395 号

一个"日本特务"的传奇

作　　者：	李　翔　叶家林
责任编辑：	郑　实
装帧设计：	梁　朔
出版发行：	华艺出版社
社　　址：	北京市海淀区北四环中路 229 号海泰大厦 10 层
电　　话：	010-82885151
邮　　编：	100083
印　　刷：	北京天正元印刷有限公司
开　　本：	1/32
字　　数：	173 000
印　　张：	9.125
版　　次：	2015 年 4 月第 1 版第 1 次印刷
书　　号：	ISBN 978-7-80252-550-4
定　　价：	35.00 元